布の歳時記

黒田杏子

白水社

布の歳時記

装丁＝戸田ヒロコ

目次

春

雛の間　仲春

とぼし灯の用意や雛の台所　加賀千代女

こんな句に出合うと、加賀千代女という人がとても身近に親しみ深く思えてくる。まるで、私の母の世代の人のように。

千代女さんは縞の着物に長い前掛けをしていたのだろう。たすきを掛けてかいがいしく立ち働いている。雛の台所という座五がなんとも愉しい。雛の宿で、雛の膳の用意がととのえられてゆく。そのためにはとぼし灯が必要。スイッチを押せば灯りがつくというわけにはいかないのである。

加賀の松任市は千代女のふるさと、彼女の句ということで広く知られる朝顔を町中で育てている。ここで行なわれている俳句大会の講師として招かれて行ったことがある。

菩提寺の聖興寺に千代女の資料を集めた一室があって、彼女の携行した頭陀袋や杖が展示されていた。その杖の長さから、千代女さんはかなり背の高い人であったようだ。年譜には一七六三（宝暦十三）年、藩命により朝鮮慶賀使への贈り物として懸物六幅、扇子十五本に句を書く、とあった。翌年には朝鮮から四七二名もの使節、いわゆる通信使が日本の土を踏んでいる。当時、千代女六十一歳。

現在の私より二つも若い。十年前に剃髪、千代尼・素園と称していたとある。寂聴さんと同じ五十一歳で出家したことを知ると、さらに親しみが湧く。

雛の前今誰もゐず坐り見る　　星野立子

洋装の写真も残っているが、この句のできたときは和服であろう。紫の立子と言われたほどむらさきのよく似合う人であったという。命日が三月三日、雛の日であることもこの人にふさわしい。その父高浜虚子は釈迦生誕の日、花御堂の築かれる四月八日に没している。雛段の前に、春らしい色合いのはなやかな着物で、きちんと正座している女人の姿が眼に浮かぶ。

古雛をみなの道ぞいつくしき　　橋本多佳子

この句について、愛弟子である津田清子さんの名鑑賞を引用させていただく。

「いつくしきには、おごそか、きちんとしている、美しい、の三つの意味がこめられている。因みに多佳子の祖父は山田流箏曲家元の検校で、多佳子も十五歳の時すでにその後継として奥許（奥義の伝授）を受けている。女の道の厳しさはこの一事だけでも想像できるが、さらに美しさも伝えなければならない。古雛がそれを象徴している」

古びなや華やかならず朧たけれ　杉田久女

いかにもこの作家らしい美意識の表出された句である。

ふるさとの蔵にわが雛泣きをらむ　鈴木真砂女

小料理屋、銀座「卯波」の女将として広く世に知られる女流俳人。安房鴨川の旅館の娘であり、姉の死後、義兄の妻となって旅館を守っていたが、恋に殉じすべてを捨て、東京に出る。五十一歳のときである。この雛は慈父の買いもとめてくれた立派な雛であろう。いまその雛は飾られることもなく、生家の蔵の闇の底にじっと耐えていると。

真砂女さんは着道楽、パーティやテレビ、祝賀会でいつも明るい色の柔らかい布地の着物を着こなして輝いていた。仕立ててはいないが、「あなたがもんぺにしてくれると嬉しいわ」と、紬の絣の着物をいただいている。あれほどの小柄な人の着物が、解体して洗い張りをすれば反物に戻って、私のような大きな女にも十分上下が仕立てられる。これこそ、直線裁ちの着物のすごさである。

皆老いて雛の客とも思はれず　高木晴子

老いてこそなほなつかしや雛飾る　及川貞

それぞれに長寿を保ち、長い句業を重ねた女性俳句の先達である。

晴子さんの句は愉しい。同級生とは限らないが、その座に集まった人が、見れば見るほど年を重ねている。おじいさん、おばあさんで雛の客とはどう見ても思えないけれど、しかし、それぞれにみな達者なのである。よく見ればひとり残らずおしゃれでもあって……。お雛様だけはすこしも年をとらない。雛の客というと、私がいちばんに憶い出す句である。

及川貞さんも長命を保たれた。秋櫻子門下の女流の最長老でもあったと思う。その人がいま雛を飾っているのである。どこにも気負ったところがない。ごく自然に口をついて出た感想であろうが、「なほなつかしや」という中七に謡曲の一節を聴くようなゆったりとした、そしてしみじみと心に響く調べがある。

千代女からスタートして、及川貞まで、みな和服になじんだ時代の日本女性。もちろん、立子、晴子の姉妹と貞さんは洋装も大いに愉しまれている。しかし、雛の間、雛の客、雛を飾るという季語にふさわしく、みな畳の間でぴたりと和服のきまる人たちであった。

正座すること。障子や襖を開け立てする立居振る舞い、雛の間で格調高い古雛と対面していかにも品格のあるたたずまいの作家たちであったと思う。

明治生まれの女性たちは、雛の前に座られたときの表情、和服の着こなしがそれぞれに個性的で美しい。その俳句もまた、そのような暮らしの中から生まれている。句と作者を見てそのおりの着物をいろいろと想像してみる。「このときのお召し物はどんなでしたか」と訊ねてみたい気がする。

この女性たちの雛の句をくちずさんでいると、私にはそれぞれの作者の身を包んでいたであろう着物の布地の感触まで指先に感じられてくる。

母の一生ひひなの一生かなしまず　杏子

雛祭　仲春（桃の節句・上巳・雛段・雛の間・雛の膳・雛の客・雛納め）

いきいきとほそ目かがやく雛かな　　飯田蛇笏

雛祭が近づくと、この句をおもい出す。雛人形の顔をこれほど的確に詠みあげた句はない。歳月をくぐり抜け、いよいよ﨟たけた雛人形の面ざし。雛の顔がこれだけ気品のあるものであれば、その装束もまた立派なものであるに違いない。

そのような雛が飾られている場所は日本家屋のひろびろとした畳の間である。欄間があり、障子の外にはよく拭きこまれた長廊下がある。床の間があって、屛風などもその一隅に立てられているかもしれない。

初雛という季語は、女の子の初節句に飾られる雛で、その新しい美しさを賞でる。しかし、雛の場合は古雛というものにも大変価値があるのだ。時代物のよく保存された雛の風格は格別である。室町雛、寛永雛、元禄雛、そして享保雛はとりわけよく知られている。

私は例年お正月が明けると、ぼう大な数の雛の句の選にとりかかる。吉徳という江戸以来二百九十年も同じ場所で雛商いを続けてきた老舗の「ひな祭俳句賞」の選者をつとめてきて、気がつくと十八年も経過している。

「雛」をテーマとする俳句ならなんでもよいのだが、文字どおり日本列島の津々浦々から、さらに世界各地に生活しておられる在外日本人の寄せられる投句は壮観である。幼児から百歳を超える老若男女の句、そのすべての投句はがきにひとりで眼を通す。

この選句作業、引き受けたときは私も四十代半ば、いま振り返れば若かった。徹夜などすこしもこたえなかった。それに、選者を引き受ける時は投句数が少ないだろうと考えていた。広告を出して募集するという規模のものではないし、と考えていた。いまでは、二十年近くも毎年、日本人の「雛」に対する想いをたっぷりと眺め続ける人生を与えられたことに感謝している。

特選から四位入賞者まで、総勢十五名ほどの作者に吉徳が贈るのは雛ではなく、市松人形なのである。あのおかっぱの黒髪をきっちりと剪り揃えた市松さんに出合うと、私は嬉しくなってしまう。にこにこしてしまう。

雛人形の衣裳ももちろん立派で、金襴を織りこんだりしたそのテキスタイルは、新旧を問わず見飽きることがない。同じ享保雛でも微妙にその装束は異なるし、古び方によっても趣きがまた違う。布狂いの私は、どうしても装束の布地のほうに眼がいってしまうのだが、市松人形の着物の風合もまた魅力的である。

年に一度、「ひな祭俳句賞」の入賞作品の展示されている浅草橋の本店に出かける。

吉徳の社長は代々山田徳兵衛と名乗っておられるが、先代、十世山田徳兵衛さんは、土偶という俳号をもつ俳人で、高浜虚子門であった。そればかりではなく、この人は人形の研究をはじめ、江戸以来の生活、風俗についての研究家でもあって、平凡社の『俳句歳時記』(全五巻)や角川書店の『図説大蔵時記』その他に季語の解説を数多く執筆していることでも知られる。

話がわき道に外れてしまったが、年に一度、私は季語の「雛店」の内と外をじっくり観察する機会が与えられているので、見事な段飾りの雛を眺めたり、内裏雛のヴァラエティの品定めをしたりする。

そして市松人形の縮緬の衣裳に手を触れさせてもらう。女の子をどんなに慈しんできたのか、日本の家庭の理想がここにある。大人たちの幼い女児にたいする愛情、その結晶が市松さんという、世にもあどけない、そしていかにも女の子という人形の風姿を造りあげたのだと思う。

雛の影桃の影壁に重なりぬ　正岡子規
箱を出て初雛のまゝ照りたまふ　渡辺水巴
天平のをとめぞ立てる雛かな　水原秋櫻子
雛の唇紅ぬるるまま幾世経し　山口青邨
仕る手に笛もなし古雛　松本たかし
夜を籠めて降りて雪晴雛飾る　後藤夜半

明治生まれの男性俳人たちの雛の句の秀吟をこうして並べてみると、彼らが家長として、戸主として、雛を祀る妻や娘たちを見守っていた慈父のまなざしを感じる。

「ひな祭俳句賞」の作品について述べれば、それはどれもこころに残る。巧拙を越えて、雛という題詠を試みた句に、冷ややかな句、否定的な句はほとんど見られない。雛ときいて、ひとりひとりの胸に灯るものが詠まれているので、選句に打ち込むほどに励まされ、身心が甦ってしまうのである。

子どもたちの純真無垢な句に接すると、句作の姿勢を正される。自分の卑しさやあさましさが見えてきて、鉛筆書きの俳句にクレヨンでイラストを添えた句に合掌したりしている。ずいぶん前の入選句に、たしか小学二年生の男の子の「雛まつりきもの姿の妹や」という句があって、仲よしの兄妹を囲むその一家の情景が彷彿として嬉しかった。

長年続いていることといえば、京都嵯峨野の瀬戸内先生の道場「嵯峨野僧伽」で月一度開かれる寂聴先生命名の「あんず句会」も指折数えてみれば、十七年目になる。

フルタイムの勤めをもつ身、第三金曜日は休暇をとって通い続けた。毎月一度は京都に必ず行くという歳月が四十代後半からの私の人生に与えられたことの恩恵ははかり知れない。超多忙の身となられた寂聴先生は傘寿八十歳を迎えられた。毎年、客間の床に飾られる内裏雛も一段と風格を増してきたように思われる。その装束にそっと手を触れると、ああ春がきたと実感するのである。

寂庵に雛の間あり泊りけり　杏子

花衣Ⅰ　晩春（花見衣・花の袖・花見小袖・花の袂・花見衣裳）

花衣ぬぐやまつはる紐いろいろ　　杉田久女

久女のよく知られた句であるが、田辺聖子さんの小説『花衣ぬぐやまつはる』で、俳句にかかわりのない人も知ることになった。

古くは桜襲のことを指し、表が白、裏が葡萄染めのものを言ったようだ。現在は、花を見にゆくときの女性の晴着のこととなっている。桜の花を賞でにゆくときに、おもいきりおしゃれをして出かける。衣という語感から、もともとは美しい着物のことをイメージしているが、いまは洋装の花衣も大多数を占めるようになっている。

咲き誇った桜の花びらが散りかかるその空間に、華やかに着飾った女性が佇つ。花見衣とか花見小袖という言葉も、季語であるが、こういう装いの文化が庶民の生活の中に浸透していることをすばらしいと思う。

男性たちも女性の花衣についてさまざまな角度から詠んでいる。

花衣脱ぎもかへずに芝居かな　高浜虚子
ぬぎ捨てし人のぬくみや花ごろも　飯田蛇笏
花衣着るよろこびを妻あらは　下村槐太
留守の戸の鍵を袂や花衣　皆吉爽雨

花を賞でたり、芝居に出かけたり、日永の一日をたっぷりと愉しむ。よき時代の日本の春の女性たち。虚子の句のその人は妻や娘たちかもしれないし、句の弟子でもある若く美しい芸妓さんたちなのかもしれない。蛇笏の句とともに、「脱ぐ」という言葉のうしろに衣ずれの音や、紐をしごく感触、畳にすべり落ちてゆく絹という布地の光とつめたさとその手重りが出ている。槐太、爽雨の句とともに、花衣に身を包んだ妻や女友だちの表情、しぐさを描写して印象に残る。

私は三十歳からはじめた「日本列島桜花巡礼」を五十七歳の春、満行とした。勤め人であったし、再開した句作を怠らないために、ひそかに自分に課した「行」であったから、写真もほとんど撮らなかったし、正確な記録もない。日本中の見るべき桜、出合うべき桜の木をひとりでリストアップして、その花の木のもっとも美しい時にめぐり合おうとすると、二十七年もかかってしまったというだけのことである。

ともかく、この日本列島は縦にほそ長い。那覇の緋寒桜は一月のうちに満開になるが、北海道松前の桜、さらに釧路、礼文島の桜はそののち半年あまり経たないと花を開かないので、国鉄ストでせっかくとった休暇がフイになっても、仕事の関係で予定どおりに休暇がとれなくとも、「発心」を忘れずねばりづよく推し進めてゆけば、必ず満行というその日に到達するのだという単純な事実を知ることが出来ただけでもありがたいことである。

三十代に入った私は、ノートに列記してある目ざすべき桜の木に向かって突進していった。山道の入口で待ってもらっているタクシーのメーターは容赦なく上がる。焦ってばかりいた。

なにより恥ずかしいことは、この「行」がスタートしたばかりのころ、この千年桜は私が訪ねてきたから、はるばるここまでたどりついて眺めているから、万朶の花をつけて日輪にほほえみ返しているのだ、と本気で思いこんでいたことだ。

二、三年たってようやく「私なんかが訪ねてこなくても、この老樹はこの大地を一歩も動かない。極寒の季節の氷雪にひとり耐え、年に一度自らの力で満開の花の木になるのだ」という事実、こんな当たり前のことをやっと理解した。「私が、私が」とばかり焦って、前のめりにやってきた私は、桜の大樹に刻まれた病苦や災害の履歴にも無頓着だった。今になっても、まだまだ傲慢、自分本位の勝手で品のない人間ではあるが、三十代のはじめに深山にひとり佇つ桜の老大樹に諭されることがなかったなら、いまよりももっと情けない人間になっていただろう。

花衣ぬぐやみだるゝ恋に似て　千原叡子
ぬぎ捨てて一夜明けにき花衣　山口波津女
行くあてもなく花衣縫ひこもる　佐藤朝子

花衣はおおむね女性たちのもののようであるが、私には花衣をまとったひとりの男性との忘れがたい出合いの記憶がある。

高知県と愛媛県をつなぎ貫く一本の幹道。県境に近い高岡郡仁淀村の高みに、秋葉神社が祀られている。その神官を司る中越家の屋敷には、樹齢百八十年ほどの世にもまれな、無類の美しさをもって天上からゆったりと垂れる枝垂桜がある。

個人の住まいであるから、その桜は代々の中越家の当主によって守られてきたわけで、中越律さんが私の訪ねた折のご当主であった。桜は母屋に向かって、左手の広々とした一角に千條の枝を垂れ、茅ぶきのいかにも旧家という趣きのもの古りたたたずまいと一体化している。

濡縁に腰を下ろさせていただいて、夕桜を眺めていると、背後から障子が静かに開かれた。

「今年は花が気持ちよく咲いている。雨が上がって、今日はいちばんの花の夕べよ」

きちんと和服に身を正した老人が、花の木を眺める。目を細めてほれぼれと、うっとりと花の木の天地を眺めると、すっと障子が閉ざされてその人は奥に座を移したようだ。

名木、天然記念物指定の桜の木、名だたる寺社の境内に年輪を重ねた花の木、花時にだけどっと人の押しよせる山中の名のある大樹などとは別の花の木。中越家の桜はこの家の人々とほぼ二世紀にわたって共生してきた。その家族に守られ、桜の木は家族を励まして、毎年花をつけてきた。

花のとき、ご当主は常着よりも上等の和服を召されるのであろう。見事にすこやかに、十全に山気を吸って花開いた老大樹に、心からの感謝と敬意を抱いて接しておられるのであろう。

いつしか空には春の星座が満ち、花の木を満たしていた鳥たちのささやきも鎮まった。

「ありがとうございました」
障子の奥に向かって、私はお辞儀をし、二十七年間の桜花巡礼をこの樹との出合いをもって自ら満行とさせていただくこととした。

一本の紐あればよし花衣　杏子

大石忌　仲春

叔父の僧姪の舞妓や大石忌　松本たかし

いろを思案のうちとけて、うゐの、奥の手、しられじと、(合)くるわ遊びのかりねにも、あさき、夢みず、ゑひもせず、(合)たゞわすられぬあだ人の(合)その面影や、したふらむ。
二上り　よそめのみ、忍ぶ恋路とみせかけて(合)心に刃とぎすまし、おもてばかりの、酒きげん(合)いつかかたきをうつの山、夢にも人に、しられじと、遊ぶ、遊びはあだならで、思ひをとげし、雄々しさよ

地唄　本調子により、五世井上八千代さんが舞う。「深き心」である。冷泉大人作詞　平田小富士作曲　三世井上八千代振付によるもの。
ついで三人の舞の名手による「宿の栄」。作詞、作曲、振付とも「深き心」と同じ。地唄本調子である。

ひと年に、ふたゝたびきます君さえも（合）三すぢの糸によふものを、いつも来かよふまろうどの（合）むつびかたらふ長きよの、八重のかずそふ盃に、こゝろもとけてうれしげに（合）もゝ哥千うた万やの（合）奥のざしきの酒もりは（合）まひの手ぶりもしとやかに（合）ひとめを忍ぶ袖几帳（合）内やゆかしきものゝふの（合）おもかげのこるこの宿は、名にかくれなく、さかへゆくらむ

ここは京都祇園の万亭（一力）。二階の大広間、膝をくり合わせてぎっしりと居並ぶ客の眼の前にくりひろげられる、追善法要の舞。

大石忌は陰暦二月四日。赤穂義士の頭領、大石良雄の忌日である。元禄十六年のこの日に、大石は幕府の命により切腹している。すなわち彼の人生は、一六五九年〜一七〇三年であるが、京都山科に住んでいた大石が遊興したところとして浄瑠璃や芝居でおなじみの祇園の一力亭では、大石忌二百祭に当たり作られたこの二つの曲を上演、毎年三月二十日に追善の法要を営んでいる。

一力からすぐ先の歌舞練場で開催される都踊は四月一日から三十日までで、はじまるにはすこし間があるが、ちょうど彼岸でもあり、早い年は桜もひらきはじめ、文字どおりの麗日。昼さがりの一力は夢まぼろしのように華やいでいる。

例年、この大石忌に私を連れていってくださるのは、句友でもある祇園「川上」の主人松井新七さんである。白衣と高下駄という店での姿とうってかわって、ダークスーツに身を包んだ松井さんはダンディだ。入口の下足番の男衆、お女将さん、そして芸者さん、舞妓さん、みんな顔なじみであるから、どこに歩をすすめても「おにいさん」と声がかかる。

二階には大石はじめ義士たちの遺墨、書簡、遺品、それに著名な画家、たとえば鉄斎などのゆかりの作品や軸が展示される。私よりひとまわり年長の松井さんは茶人でもあり、美術にもとりわけ造詣が深いので、この人について見てゆくと、いろいろと勉強になる。

日あたりのいい二階大広間で、辛味大根おろしと刻み葱でお蕎麦をいただき、毛氈のお茶席に移ると、舞妓さんがお薄と大石さんの家紋の焼印の押された虎屋のおまんじゅうを運んできてくださる。その余韻をたのしんで一階にゆるゆると移動、お庭を見ながら広間に入り、見事な追善の井上流の京舞を拝見するのである。

手をひかれ来たる老妓や大石忌　田畑比古
大石忌京には多き老妓かな　永田青嵐
その頃のおちょぼも別家大石忌　田畑三千女

年輪を重ねて、いよいよきまる着こなし。いつも大石忌で感心することだ。

仏間には四十七士の小ぶりの木像が整然と祀られており、そちらに向ってまず両手をついて深々とお辞儀をされてのち、いよいよ舞がはじまる。

歳時記にある忌日の中でも、これほど華やかで、かつ心に残る演出のものも少ないのではなかろうか。参会者には女性も多い。茶道その他、芸道に精進される方々も多いようで、着物の人が断然多い。男性も老若を問わず和服の人が目立つ。袴を着けた年輩の人の品格ある艶な立居振る舞いを眺めているだけでも、この世の憂さを忘れてゆく。

衣擦れという日本語をまことに心地よく思い出し、そこここに薫物の香を感じつつ、のどかに春の一日の昼さがりをたのしみつつ過ごすひとときも、京都の、それも祇園の大石忌ならではのものだと、例年のことながら感じ入る。

履物を揃えて頂いて花見小路に出ると、いつも春の日ざしがまぶしい。映画館や劇場から外に世界に出たときの感じにも似ているが、すこしちがう。通りをゆき交う人々は観光客であったり、祇園で働く人々であったり、永き日の午後の光景。

夕暮にはまだ間のある時間を、鍵善で葛切りを頂いたり、通りからちょっと入ったところにある静かな店で珈琲をたのしんだりする。

松井さんは、夏休みを使って、「おくのほそ道」を辿っておられる。こうときめて始められたら、黙々と初志を貫徹される方なのだということを知らされる。訪ねた土地で、その地方ならではの旬の味覚を愉しみ、句を詠み、スケッチをする。

ロングランの計画を立てて、焦らず実行してゆけば、芭蕉の道二千四百キロの足跡を辿ることは可能である。京都に生まれ育った人にとって、日夜、料理店の主人として包丁を握る多忙の人にとって、関東や東北、北陸の風土や歴史、景観は新鮮なものにはちがいないが、その旅を現実に実行する人はそれ程多くない。

私も「おくのほそ道」はよく訪ねており、各地に親しい友人や句友も多いので、話題はそんなことに終始する。「ともかく思い立って出かけてみましたらすっかり面白くなってしまいまして」静かに語られるその表情は晴れ晴れとして、聴いているこちらまで胸がひろがってくる。
おしゃべりは十五分もあればたっぷり愉しめる。「それではまた」。松井さんはお店に、私は人の流れにまぎれて、街のなかへと歩き出す。

円山のそのはなびらも大石忌　杏子

遍路　三春（遍路宿・遍路道・遍路杖・四国巡）

お遍路が一列にゆく虹の中　渥美清

夢と現実がひとつになったような、印象深い句である。遍路は春の季語となっている。歳時記にはいろいろの例句が載っていて、俳句作品にはなじんでいた。

かなしみはしんじつ白し夕遍路　野見山朱鳥
道のべに阿波の遍路の墓あはれ　高浜虚子
天明は遍路のわらぢ結ふに足る　佐野まもる
白遍路番外終へて一切終ふ　加倉井秋を
はゝそはの母と歩むや遍路来る　中村草田男

しかし、自分自身が遍路となって、八十八か所の札所寺をめぐる日が来るなどということは、若いときには夢にも考えてみなかった。

東京女子大白塔会は山口青邨先生指導の俳句研究会。入学と同時に入会して先生のご指導を受けることができたまたとない句座であったが、卒業と同時に私はきっぱりと句作を止めた。演劇、陶芸、染織、その他いろいろの世界をほっつき歩いた末に、自分の人生を貫く表現手段はやはり俳句だということに気づいて、三十を前に青邨先生に再入門。とりあえず月一度の白塔句会に復帰させていただいた。私は広告会社の社員。そのころまだ土曜日も出社して午前中は働いていた。どんなに急いでも、西荻のキャンパスで一時締め切りの句会には間に合わない。いつも句会場のドアをそーっと押し、足音を立てないようにして空いている椅子に座る。すでに清記用紙は廻っていて、選句はもう終わりに近い。それでも先生は「あなたの七句を一枚の清記用紙に書いてお廻しなさい」とおっしゃってくださる。

そんな句会で、遍路の句に出合った。正確には思い出せないが、その句は、「遍路より戻りし母のいきいきと」であったか、下五が春ショールかであった。

その句は先生の特選となり、選評されていた。「お母さんが四国遍路に行かれて、戻ってこられた。元気を回復された様子が出ています」というようなものであった。

私はそのとき三十歳を超えていたが、「遍路」という季語がひどく自分の身には遠いもののように思われ、予選にもいただいていなかった。ちなみにその作者は広島出身の田中美恵さんで、いまになって思えば、広島は瀬戸内の海を渡れば四国である。彼女は卒業後、日航のスチュワーデスとなり、現在は山形上山市の旅館「古窯」の女将となっている。

人生なんて予測がつかない。俳句に復帰して十年間ほどの作品をまとめた第一句集『木の椅子』に現代俳句女流賞と俳人協会新人賞が与えられたため、私は社内でもまったくの隠れ俳人であったのに、世の中にひっぱり出された。仕事を通じて親しくしていただいていた瀬戸内寂聴さん、永六輔さんは、ずいぶん驚かれた。お二人に私は俳句のハの字も話したことはなかった。仰天の反動でこのお二人がことあるごとに私のことを話したり、書いたりしてくださった。強力なサポーター軍団のおかげで、私は新聞や雑誌に「俳人」という肩書きで物を書いたりする機会を与えられ、寂庵での「あんず句会」の講師にも招聘された。

あんず句会には畿内一帯から人が集まる。関東や四国、九州からの出席者もいる。西国三十三札所を年四回一か寺ずつゆっくり吟行しようということになり、八年あまりかかって満行を迎えた。三十三番谷汲山華厳寺は淡墨桜で知られる岐阜の山中にある。ここで満行祝賀会を行なったとき、ごく自然の流れで、次は「四国八十八か所吟行」と「板東吟行」をという計画を発表、大拍手を浴びた。そのとき私はすでに雑誌の取材などで遍路寺をいくつも訪ねていた。

一九九〇（平成二）年に「藍生」という結社の活動がスタートしたが、四国四県からも自主参加の会員が集まってきていた。その人たちと四国での勉強会や鍛錬句会をすすめているうちに、長期計画で弘法大師空海の道を辿る吟行をしましょうということになった。

いつも感謝しているのだが、五十歳くらいからの私は、無理になにかをしなくてよくなった。いつもやりたいな、やってみたらいいだろうなと思うことが、句友その他の人達の力を得て、水の流れるように機が熟して実行実現ということになってゆくのである。ごくごく自然に。

話が飛躍するが、その流れの中で、大塚末子デザインのもんぺスタイルがひとつの核になっている。

西国吟行も遍路吟行も、いやひとりで満行を迎えた日本列島桜花巡礼も、東京で毎月一度実行して完全踏破した広重の江戸名所百景吟行も、このファッションに負うところが大きい。パッパッと畳んで風呂敷で平たく包む。それを四半世紀愛用の一澤帆布の旅鞄に収めれば、どこにでも行ける。

さらに言えば、このスタイルにパーマネントの髪は合わない。カットしてもらうだけで染めることも白髪を抜くこともだめですよと、銀座名和美容室の黒田茂子さんに言われている。黒田さんは白洲正子さんの髪の担当者でもあったが、気がつくと私ももう四十年この人のお世話になっているのだ。

靴も大切である。ドイツのガンターの靴を普及させている、シューフィッターの菅野さんに出合ったのは十五年ほど前だろうか。歩きやすくて体に良い、なにより私の足型にフィットする靴をこの人は見つけてくれる。時間はかかるが修理もしてくれる。頭のてっぺんから足の先まで、私は長いつきあいのプロフェッショナルな人たちの叡知に護られて生きている。

気がつけば、私たちの「四国遍路吟行」も五年目に入っている。NHKの番組「四国八十八か所」の旅人役も一か月分収録、四か寺を担当した。そのご縁で第三十九番高知県宿毛の延光寺には、放送のとき発表した句が、檀家の方々の手によって、立派な青石に彫られている。

私は句碑は建てないことにしていますと固辞したのだが、檀家の方々の大変な熱意と、ゆくりなくも遍路吟行を続けつつ、遍路番組にも出演して、それぞれの札所に句を奉納したというご縁を無にすべきではないと考えるようになって、この句碑は特例としておまかせしたのである。

番組はくり返し放送されている。そればかりかビデオも売れて印税が送られてくるのは驚きである。一体、どういう方々があの巻数の多いビデオを買うのかと訊ねたところ、高齢者の施設やホームのロビーなどで終日流しているのだという。喜多郎の曲に合わせて明るい四国の遍路道が映る、自分も遍路寺を訪ねている心地が味わえる。それが愉しいのだそうだ。延光寺の句碑の前でとった写真が未知の人から俳句と共に送られてくる。気がつけば、私も遍路姿になっていた。

みな過ぎて鈴の奥より花のこゑ　杏子

花衣Ⅱ　仲春（残花巡礼）

世の中は地獄の上の花見かな　　小林一茶

花に浮かれて踊ったり歌ったりしているあでやかな元禄の花狩絵巻にこの一茶の句を添えると、妙にぴったりしてしまう。

ぱっと咲いてぱっと散る桜だからこそ、人々は花見にくり出さずにはいられないのである。花衣、花見衣、花見小袖というものを着て練り歩く元禄の女性たちをこの目でじかに眺めて見たかったし、なによりその衣裳の布地をつぶさに検分したかった。

三十歳からはじめた「日本列島桜花巡礼」は五十七歳で満行としたけれど、実は現在も花巡りの旅は続いているのである。

岐阜県美濃加茂市井深の里の正眼寺は臨済宗妙心寺派の専門道場として知られる。中濃地域一帯の俳句による地域おこしの講師として招かれたことによって、円空のふるさと美並村や、郡上踊で知られる郡上八幡、刃物と鵜飼の関市など風土性ゆたかな市町村で、私は大変にたのしい仕事をさせていただき、得がたい出合いに恵まれた。

正眼寺は観光客の訪れる寺ではないので、山内を訪ねるには紹介者が要る。美濃加茂市長のご案内で、一日僧堂に伺い、山川宗玄老師にお目にかかることができた。

世の中は狭い。老師はローマの裏千家出張所長・野尻命子さんと旧知の間柄。カトリックの修道院で修行されたおりに、野尻さんとイタリアで何度も会っておられる。野尻さんは私の友人である。

お訪ねした日はたまたま臘八接心の行の明けたばかりのとき。釈迦の雪山での苦行に学び、七日七夜の不眠不休の寒行を重ねられたその朝だった。ご老師は五十代に入られたばかり。匂うような藍木綿の法衣を着けておられる。厳しい行ののちのその表情は澄み切って、輝くばかりである。

茶菓を運んでこられる雲水さんたちは、二十代から三十代。たっぷりした藍衣の袖をたすきできりりとたくし上げ、きびきびと立ち働かれる。満行の今夜は臘八粥を焚きますと、厨にあたる場所にもご案内くださる。巨大な竈が土間に据えられ、大きな羽釜がかかっている。ここではだし汁も動物性のものは使わない。鰹節や小魚はいっさい使わず、昆布と野菜そのもののうま味を生かす。大豆は大いに使う。粥の中には干し柿なども刻んで加えられるという。そのほか干した木の実なども。

本堂の前に二幹の桜の木があった、もちろん冬木桜である。箒目がくまなく土の上に走っている。清々しい山上の僧堂の前庭の桜はどんな色のどんな花をつけるのだろうか、と考えながら空を仰いでいると、ご老師が、「里の桜よりやや花期は遅れますが、なかなかの花をつけます」とおっしゃった。

このとき私は発心した。第二次桜花巡礼を始めよう。一次と異うところは、その花の木の盛りの刻をめざして行かなくてよいことだ。自分も年を重ねたことであるし、名残りの花、残花巡礼というものを、これからは急がず焦らず、あわてず、貪らず、じっくりと重ねてゆけばよい。

「この花を拝見に、またお邪魔してもよろしいでしょうか」

「どうぞ、どうぞ」

このときのご老師との会話を、私は生涯忘れない。大げさだが、長く生きてきてよかったと思い、幸せな気持ちが髪の毛の先からつま先までゆっくりと満ちてゆく午後だった。

これ以上行けぬところでさくら見る　加倉井秋を
業平の墓もたづねて桜狩　高野素十
さかのぼりゆくは魚のみ残花の谷　大井雅人
青鵐鳴き一樹の残花夜明けたり　塩谷はつ枝

この花の木を出発点に、私の第二次花巡り、年令相応の残花巡礼の旅はつつがなく年を重ねている。そして私の花衣もまた残花、名残りの花を訪ねるにふさわしい素材へと転換してゆくのである。

私のように、着るものの型が定まっている人も多くはないと思う。もんぺスタイルとかもんぺルックなどといわれてきたが、要は日本古来のきものと同じ直線裁ちを活かした上衣と、ゆったりしたズボンの組み合わせなのだ。

袖には工夫がある。労働着のもじり袖というもので、脇の下は着物のように開いていない。袖口に向かって自然に袖丈は短くなってゆくので、たすきをかける必要がない。この袖のカットはジャパニーズ・スリーブの名で、三宅一生その他のデザイナーがヨーロッパやアメリカで広く印象づけてもいるものである。

ともかく、着るものの型が定まっているということは、布地つまり素材の持ち味を十二分に堪能できるということである。有季定型の俳句も同様で、五・七・五の定型があるから、いかようにもその型の中に自由な発想、モチーフ、感覚を盛ることができる。

季語に当たるものは、布地のもつ季節感だ。そう考えてこのデザインを愉しみ抜いてきたのだが、二十七年かかった第一次の桜花巡礼が終結してみると、若いときには想像しても実感することのできなかった老年の私というものが、そこに佇っていた。

もんぺというかたちを自分のスタイルとしたのは四十三歳だった。そのときでも十分に年を重ねているという思いがあったが、六十代のいまとはまったく異なる。現在の私からみれば、四十代は活火山のような年代だった。

そもそもこのスタイルでゆこうと決断したのは、紬とかお召とか、縮緬といった日本のきものの伝統的な布地、テキスタイルを現役で忙しく働く時期にもたっぷりとこの身にまといたいという願望があったからだ。藍や紅や茜といった天然の植物染料による美しい布地も身につけたかった。絣や絞り、縞など、世界のどこの国にもひけをとらない反物があるのに、日常的にそれをわれとわが身にまとえないのは何としても残念だと考えたのだった。

だから若いときほど、いかにも日本の着物地というものを生かした上下を作って着ていた。仕事のときは男性のダークスーツに対応するような無地に近い結城紬や大島紬のものも多く仕立てていた。このときのズボンの裾はストレートであった。

時が流れて、つまりたっぷり年をとって残花巡礼をと思い立ったときと、日本以外のとくにアジアの布地を着ることが愉しくなったときと重なっていた。勤め人の生活の終りの時も近づいていた。

インドネシアの離島の手紡ぎ手染手織木綿は、文化人類学者の鍵谷明子さんから。インドやネパール、パキスタン、バングラディッシュの手工芸的な布地は岩立広子さんから。ラオスの絹地はミアザの木村都さんからというように、それぞれの地域と深い文化交流を重ねている女性たちの眼と心が慈しみ、選び抜いて日本に持ち込まれたものを頒けてもらう縁に恵まれたということもありがたく、不思議なめぐり合わせに手を合わせる。

アンティークな布地も含めて、アジアの手仕事の布地の風合は大らかだ。時間がゆっくりと流れてゆく大地で、その大河のほとりで染められたり、織られたりしているからであろう。

なほ残る花浴びて座す草の上　杏子

花冷　晩春（花の冷え）

花冷の藍大島を着たりけり　　久米三汀

花時にやってくる冷気。山本健吉氏の解説によれば、この季語の例句は古俳書には見えず、明治の俳書にも見えない。大正以降になって使われだしたもののようである。

花冷または花の冷えともいうが、現代の俳人たちには好まれる季語である。この句、大島という着物の質感がいかにも花冷の語感にふさわしい。男性が和服を着ることがごく日常的であった時代の雰囲気をも、よく表しているようにも思う。

日本中の桜を訪ねてきた私は、花冷ときくと、旅心を誘われる。あまりにも暖かく、ねむたくなるような陽気よりも、冷えに備えてなにか軽いコートか大きなショールなどを旅鞄の底に沈めて北辺の桜に向かう。そんな経験を若い時からしばしば重ねていたからかもしれない。

残念なことに、私は和服に憧れたけれど、ちゃんとした和服は着ていない、花冷のときに、そのときの気持ちに適った素材の着物を着て、きりっと帯をしめて出かけたり、家で過ごしたりすることができていたら、また別の人生が体験できただろうにと思ってみたりもする。

花冷の火鉢にさして妻が鏝　山口青邨
花冷えの遠き喪に侍す紬着て　野見山ひふみ
花冷えや糸は歯で切る小縫物　北野民夫
花冷や古りても貸さぬ裁鋏　小沢満佐子

ここに詠まれているのは、妻を見守る夫の眼であり、和服に身を包む女性、そして、反物を仕立てたり、和服の手入れをすることを、日常の暮らしの中でごく当然のこととしている女性のこころだ。

山口青邨という俳人に大学入学と同時に入門できたことは、私のささやかな人生の中での光明である。明治二十五年生まれの先生は平成十四年五月十日、生誕百十年となった。東京新宿区百人町の俳句文学館で「山口青邨展」が開催される。館の所蔵品のほかに、門下の者の所有する墨筆などが展示されるが、私の所蔵品の中で今回出展されるのは次の作品である（かっこ内は制作年度）。

玉虫の羽のみどりは推古より　(昭和十七年)
こほろぎのこの一徹の貌を見よ　(昭和二十三年)
きしきしと牡丹莟をゆるめつつ　(昭和三十八年)
モナリザはいつもの如し菊枯るる　(昭和十七年)
衣川あふれて梅雨の月うつす　(昭和三十年)

先生は東京杉並区和田本町のお住まいを雑草園と称されていた。外出されるときは背広でいらしたが、雑草園主人はつねに和服を召していらした。牡丹を愛され、紅粉花の畑を大切にされていた。庭を見廻ったり、庭畑に出られるときは、そこが先生の作句工房でもあったが、下駄を履かれる。冬はもちろん、木綿の黒足袋を履きしめられる。東大の助教授時代、ベルリンにも留学された先生だが、背広や外套、革手袋がいかにも似合っておられたと同時に、紬や大島がぴったりの方でもいらした。

地下鉄の東高円寺から雑草園に伺うと、桜があちこちにあった。しだれ桜もあれば、山桜もあった。雑草園には八重の楊貴妃桜があった。染井吉野が散り果てたのちにひらくこの花見に何度も伺ったが、いつもそのころに花冷の日がやってくる。

熱いお茶をいただきながら、先生ご夫妻に花の旅のことなどをお話ししたこと、ある日の夫人の綴帯にグリーンの濃淡の雲型の模様があったことなどを、ふいに憶い出したりもする。

みちのく田舎料理「北畔」に私をお連れ下さって、料理研究家であり、人形作家、きもの研究家の阿部なを先生にご紹介下さったのは、画家の堀文子先生である。なを先生が昇天されるその数日前まで、私たち三名は「三角の会」なるものを結成して旅をしたり、歌舞伎を観たり、ごちそうを愉しんだりしていた。最初にお目にかかったとき、阿部さんが、

「あなた、いいものをお召しね。それは浦野理一さんの草木染めでしょ」

とおっしゃったのにはびっくりした。その通りであったが、私が浦野さんの作品を何点ももんぺにリフォームして着ていられるのは、新川和江先生のお恵みなのである。

女性のための季刊詩誌「ラ・メール」を吉原幸子さんと創刊、十年にわたってその活動に情熱を傾けられた新川さんは、あるとき、

「私が若いとき着ていた好きな着物、あなた、大塚さんに作り直していただいて着て下さらない」

とおっしゃって、そのすばらしい浦野作品のコレクションがどんと私の家に届く。受け取るやいなや、私は大塚先生に転送。先生は、

「うれしいじゃありませんか。女性の友情こそ本物。新川先生のたましいをあなたが引き継ぐ。私も三点のデザインに力を入れて取り組みます」

と、それぞれに個性的な、パーティなどにも向くもんぺ上下を創って下さった。そのひとつ、凝ったちりめん本藍型染めを、阿部さんはひとめで浦野作品と看破され、

「今日みたいな花冷えの宵にぴったり。さすが大塚先生ですね。さりげないモデルさんも心憎いわ」

と誉めて下さった。

スタートして間もない大塚さんと私の連帯に、大きな祝福の花束を寄せられた新川さん。三人のコラボレーションを讃えて、初対面の瞬間から、お訣れの日まで励まし続けて下さった阿部さん。静かにずっと見守って下さっている女神のような堀さん。私は人に恵まれすぎている、といつもそう思って感謝している。

濡るゝともなき花冷の山河かな　杏子

蚕　晩春（毛蚕・蟻蚕・蚕の眠り・眠蚕・飼屋・蚕屋・蚕屋・蚕棚・捨蚕）

糸吐きて蚕が薄明に隠れきる　　野澤節子

あの音は忘れられない。ざわざわ、ざわざわと波立つようなその響き。桑の葉っぱをお蚕さんが食べているその音だと教えられても、それがどういうことなのか、分からない。しかし、子供の眼でじっとよく事態を観察しているうちに、大人たちの説明がすっと頭の中に入ってきて、胸の底に落ちついた。

神棚の灯は怠らじ蚕時　　蕪村

という句にのちに出合ったとき、涙ぐむほどの懐しさを感じた。父の生家は農家であったが、その昔は神官も務めていたという。神道の家で、大きな神棚というものがあったのである。

蚕する人は古代のすがたかな　　曾良

ことしより蚕はじめぬ小百姓　蕪村
月更けて桑に音ある蚕かな　召波
古き代のみちのく紙やかみかいこ　白雄

蚕は絹糸をとるため、もっとも貴重な昆虫であり、お蚕さまとかお蚕と呼ばれるように大切に扱われるのである。

蚕卵紙つまり種紙から孵化したばかりのものは、小さな密生した毛に覆われた黒い小虫で、これを毛蚕とか蟻蚕と呼ぶ。蟻蚕を蚕卵紙から掃き取って蚕座に移すことを掃立という。

桑の葉をたべて大きくなるのだが、一回脱皮をすると毛もなくなり、色も白くなる。脱皮の前には蚕の眠りといって、一日食物をとることもなく、じっとしているが、ふつう四眠四起して五センチほどに成長し、透明な蒼白色となって繭を作る。

眠りにはいった蚕を眠蚕、起きることをいおき、眠りにはいろうとする様子をいぶりという。一つ一つの眠りに固有の呼称がある。五齢期が食い盛りで、数人の者がつききりで立ちまわらねばならぬ忙しさが、十日ほど続く。これを蚕ざかりとか蚕時といい、五月上旬に当る。

掃立て後二十九日で、まぶし藁などを束ねて作った蚕のすだれに上がらせて、繭を作らせる。これを上簇という。飼屋は蚕屋とも言い、蚕棚とともに不浄を忌み、注蓮を引き、新しい薦を敷く。病気の蚕は捨蚕またはこぶしと言って捨ててしまう。

以上はすべて、山本健吉先生の『基本季語五〇〇選』（講談社）の中の「蚕」の項の解説である。

見事な誰にも分かりやすい文章だ。

養蚕が全国の農村に普及したのは近世にはいってからと続く文章を読みながら、私は山形県鶴岡市から車で三十分ほど行ったところにある、旧酒井藩主の農場「松ヶ岡」をおもい出した。月山を真向いに置くこの農場は藩制終焉ののち、藩士たちの共同経営となった。

いまも木造の養蚕のための風格ある建物が何棟も残っており、ギャラリーや古民具、生活資料館その他として活用されているが、ここ庄内藩には当時養蚕の習慣がなく、選抜された藩士数名が群馬の方に研修に派遣され、その技術を習得して戻り、旧庄内藩の経済復興の柱となったことを酒井天美さんから伺っていたからである。

北関東で育った者には、桑畑は親しい風景であった。桑括る・桑解く・霜くすべ・桑摘などの季語は、生活用語として子供の心の中にも生きていた。桑の実が熟れれば、こぼれぬようにそっと両手に享けて、その甘ずっぱい赤むらさきの味覚を堪能した。

茅葺屋根の大きな農家の空間に、馬もいたし、蚕という大切な昆虫も共生していた。どうしてしびこんだのか、桐の箪笥のひき出しの底に白蛇がとぐろを巻いていたこともある。白蛇を見た者は一生守られるとか大人たちが語っていたが、なぜか私はこれまでの人生で少くとも五回は白蛇に遭遇しているので、そのご利益を人にも分けて上げたいと思うのである。

話は変るが、大塚末子デザインのもんぺ上下一辺倒できた私は、日本産の絹のみならず、アジア各地の絹をもも身に着けて愉しむ生活に恵まれるようになった。インドやパキスタン、インドネシアやラオスの手仕事の布地を何枚も、思う存分、大量に所持し、いつでも仕立ててもらえさえすれば着られるのである。

鍵谷明子さんは文化人類学者で、東京造型大学の教授である。長年にわたって、染織の島であるサブやライジュアという地域でのフィールドワークに打ちこんで来られた。

島の人々の生活を支援するためという目的で日本に持ち帰られた手紡ぎ、手織のイカットがおそらく個人の所有点数としては珍らしいほどのヴァラエティで私の手許にある。イカットは木綿であるが、インドネシアにしばしば出かける鍵谷さん自身、何より布が好き、ファッショナブルな研究者なので、バリ島その他の絹地を売る店をいくつも知っていて、おなじみなので、いろいろと好ましい布、珍しい、美しい手仕事の布地を買ってきて下さるのである。

バティックもアンティークなものから、超モダンな現代の作り手のものまで、いわゆる商業ベースでは絶対手に入らない布地を探してきて、頒けて下さる。アジアの各地で織られている絹地の、私がその風合を好ましいと思うものは、大概みな山繭である。日本でも山繭はあるし、私も長野の豊科その他で見ている。山繭の布を染めることはむつかしいとも聞いている。何より高価だ。

私の手許にある山繭の布地はやわらかく、肌ざわりがよく、軽くてあたたかい。高価でもない。化学物質の入らない石鹼で手洗いすることも可能だという。その道の専門家の話では山繭のこれらの布地は手洗いができて、アトピーの子供たちが身につけて過すと、その症状も消えるのだという。

これやこのつむりめでたき野良蚕　飯田蛇笏
雷鳴って御蚕の眠りは始まれり　前田普羅

窓障子きいろにともり飼屋かな　吉岡禪寺洞
飼屋の灯母屋の闇と更けゆきぬ　芝不器男
掃立や微塵のいのちいとほしみ　金子伊昔紅
蚕の匂ひ死病の人を見てあれば　相馬遷子
頭を上げる力のこれる捨て蚕かな　加倉井秋を
枢過ぐいま蚕ざかりの家の前　飯田龍太

私には一句一句、その情景がありありと見えてくる蚕の句。何年か前、山梨で蚕を飼っている句友を訪ね、白繭をひとつもらってショルダーバッグのポケットに収め、忘れていた。ある朝、勤めに出ようと玄関の前でファスナーを開け、鍵をとり出そうとした瞬間、乳白色の蛾が突如とび出し、宙に舞う。驚いてのけぞって私は尻もちをついてしまった。皮革の鞄のポケットのファスナーで密閉された闇から、蚕蛾したいのちが噴出したのだ。繭は俳句に詠もうなどと勝手に、人間が弄ぶようなものではない。虚空にとび去った白蛾に一喝された私であった。

蚕の匂ひして馬の眼のおほきかり　杏子

夏

更衣　初夏（衣更う）

すゞかけも空もすがしき更衣　　石田波郷

和服を着て暮らしていた時代、一家の主婦は衣類の管理というものにかなりの時間をかけていた。現在の暮らしとちがって、家事その他を手伝ってくれる女性が住み込みで居てくれる場合でも、そのプログラムの作成と実行の指揮をとるという役目は、主婦に課せられていた。

人間の身を包むものが天然繊維から化学繊維に変わってきて、和服の暮らしが洋服の暮らしへと切り変わってしまうと、衣服の管理、衣を更えるためのエネルギーはどんどん減ってきている。

そんなことにかける時間がほとんどなくてよくなったということは、女性の人生を変えたし、女性ばかりでなく、家庭と家族のあり方も変えた。

昭和十三年生まれの私が覚えている祖母や母の姿。たとえば洗い張りをして着物をほどいたその布地を洗って庭に干す。布団の側をはがしてよく洗う。綿は布団屋さんで打ち直してもらって、洗って干して、縫い直した布団の側に綿入れをする。

どうしてもその作業には綿ぼこりが立つ。それで祖母も母もお手伝いの女性も、子どもである私たちまで、髪に手拭いをかぶった。部屋の隅に座って、綿入れの作業を見ているだけの子どもにも、姉さんかぶりの手拭いをさせてくれたのは、母や祖母にとっては遊び心であったかもしれないが、当の子どもにとっては大事件で、お手洗いに立つふりをして、何度も鏡を見に行った。

年を重ねると、いまのことはいろいろと忘れることが多いのに、昔のことは鮮明に覚えているものだとよく聞かされてきたが、私も六十を超えて、その言葉に納得がゆく。子どもの日の自分の姿や考えていたことなどが、いきいきと、ありありと想い返せるのである。五十五年も昔の日のことを、もうひとりの自分がビデオカメラを廻して眺めているように記憶にとどめている。しかも、その記憶の映像はいつでも、何度でも再生できるのである。

子どものときは自分に出合えないが、老年になって、子どものときの自分にゆっくり、じっくり出合えるというのは、年を重ねて生きて仕事を続けている者にとってはまことに愉しいことである。俳句はつねに「いま」、つまり「NOW」という瞬間を詠むのであるが、その作者に過去の記憶がなければ、「いま」は顕ち上ってこない。

ひとつ脱いで後におひぬ衣がへ　芭蕉
衣更て座つて見てもひとりかな　一茶

こんな句に出合うと、芭蕉という人も一茶という人も、まるで友だちのように懐しく思えてくる。芭蕉の句など、近年、よく若者がセーターなどを脱いで、シャツの上に背中からひっかけ、腰の辺りにその両袖を結んでいる、あんな姿が思われてくる。

一茶の句。このモチーフは現代の句に頻繁に出てくる。何々をしてもひとりという作品は、私が選者をしている新聞俳壇や雑誌の俳句欄への投句作品でおなじみである。

ひとりの暮らしをしている人。結婚をしない独身者。家族はいても心は孤りの人など、ともかく、ひとりという自分を詠む句には選者として年中遭遇している。

咳をしてもひとり

と言い切った放哉に比べて、一茶は読み手にたいしてサービス精神たっぷりである。衣更て、そして座ってみても……と自分の様子を映像的に解きあかしてくれたうえに、しかしひとりなんですよと言っている。読み手に語りかけている。

放哉はちがう。横になっているのか、起きているのか、朝なのか日中なのか、夜中なのか、それも分からないが、ともかく、この宇宙、天地に私はひとり在るということ。自分のその咳に聴き入っている自分のみを記録している。

衣更へし腰のほとりや袴はく　原石鼎
はやゞゞと更へし衣に襷かけ　富安風生

こういう句も懐かしい。石鼎は白絣かなにかを着て、その腰に袴の紐を結んだ。若き日の長身の石鼎の颯爽たる風姿がしのばれる。

風生の句は夫人を詠んだものであろう。かいがいしい妻の姿。いきいきと家事にいそしみ、夫に仕える明治生まれの妻のたたずまい。たしかに袂のある着物ではきりきりと働くことはできない。しかし、黒髪を結い上げ、長い前掛をきちんと結んで、夏衣に更えた着物に紫の襷などがかけられたら、家の中が一気に夏めいて、明るい日射しに包まれることであろう。住居も日本家屋、庭の木立を抜けてくる青嵐もいよいよここちよい。

人にやゝおくれて衣更へにけり　高橋淡路女
衣更へ晩年の計ほどほどに　角川源義

更衣、衣を更えるということが、季節の折り目、生活と暮らしの節目であったということは、つまり、人生の折り目でもあった。したがって、この更衣という季語は境涯句にもしばしば効果的に使われることが多くなる。

私の場合は、お彼岸の近づくころから、もんぺの収納の棚おろしをする。

ともかく、木綿単衣のものをとり出して、いつでもどれにでも手を通せるようにしてゆく。

絹のものは五月になったら着ない。汗をかいても、ザブザブ洗える木綿のものを何点も揃えておけば安心である。ということで木綿の枚数は増え続けている。

しかし、単純に木綿のものとひとまとめには出来ないものもある。純綿の布地でも、厚手のものから羽衣のように薄手のものまでさまざま。肌ざわりが微妙に異なる。

インドネシアのライジュア島、サブ島の手織木綿はどっしりと厚手で、単衣で真冬にも着る。バリ島の手描きの上質のバティックは打ち込みが強くて薄手で、ひやひやと涼しい。もっと暑くなってくれば、麻や芭蕉布などのものを着る。小千谷縮や、薩摩上布、浴衣地で仕立てたものなど、ともかく、天然植物繊維百パーセントのもののみを身に着けてきたので、すこしでも化学繊維の混じったものには全く袖を通す気になれなくなっている。

遍路吟行五年目に入る更衣　杏子

卯の花腐し　初夏

古傘に受くる卯の花腐しかな　　日野草城

傘に降る雨音を面白いと感じとったのは、栃木県に疎開する前に通っていた東京・本郷の元町幼稚園生の時だった。

朝は晴れていたのに、雨になる。窓ガラスを伝う雨粒をぼんやりと眺めている時間が好きだった。傘を持って家から迎えの人がくる。お手伝いの人であったり、宇都宮から出てきてしばらく逗留している母の母、つまり祖母であったりした。

子ども用の傘よりも、大人が持ってひろげている傘の雨音のほうがよく聴こえるような気がした。そのころの私はなにをするのも動作が緩慢で、一言でいえばノロマであった。靴紐を結ぶときでさえ、さっさと事が運ばない。「この紐はどうして結ばなくてはならないのか」などと考えだすと、手の動きがそこで止まってしまう。

祖母はそんな私のことを誰よりもよく理解してくれて、叱ったり、「早く早く」などとせき立てることは一度もなかった。それればかりか、友達はもうみんな帰ってしまった木のベンチに幼い私と並んで座って、小声で歌を歌ってくれたりするのであった。

祖母は着物の上に雨ゴートを着ていた。下駄にはつま皮がかかっていたし、私の手を引いて歩きだすと、キリッとして若々しく見えた。家までたいした距離ではない。祖母はあちらこちらで立ち止まった。玄関の前に花の鉢を置いてある家があると、私はしゃがみこんでその花をじっと眺めた。祖母も戻ってきて一緒に眺める。気がつくと、傘をさしたまま踞んでいる私の上に、祖母はさらに大きな傘をさしかけていた。

ようやく花の前から立ち上がった私の手をとって、ゆっくりと歩き出すその顔にはこぼれるような微笑が浮かんでいた。無尽蔵にあふれてくるあたたかなお湯、祖母の性格は決して派手ではなかったが、ふところが大きく、たっぷりと豊かだった。

朝食や卯の花腐したのしみて　阿波野青畝
書架静かなりし卯の花腐しかな　後藤夜半
坐りふさげをりし卯の花腐しかな　石田波郷

それから何年も経って、高校に進学することになった。栃木県の県庁所在地にある宇都宮女子高校は、もと県立第一高女と呼ばれていた。学区制というものがあって、郡部に暮らしていた私は、子どものいない遠縁の人の家の養女という手続きを経た上でその学校に入った。

祖母の家から通学することになった私は、実家から黒い木綿の雨傘を持参してきた。しかし、その傘の骨は寿命がきていたのか、卯の花腐しの前にバラバラに折れてしまった。押入から祖母の出してきた黒い傘は祖父のものであったらしく、細身で長く絹地だった。

そのころ、私は卯の花は知っていたが、卯の花腐しという季語は知っていなかった。

祖母の家は宇都宮市内の、二荒山神社のまうしろに在った。ほととぎすも啼いたし、卯の花、空木の花も咲いていていた。

祖母は高校生の私のために、はりきって毎朝、お膳を調えた。神社の裏山つづきの庭に面した縁側に一人用の小さな卓袱台が置かれ、木綿の縞の座布団が敷かれてある。その縞は唐棧であった。着物をほどいて、傷んでいないところを使って仕立てたのであろう。座布団は何枚かあった。接ぎ合わせた布の色と柄の組み合わせがどれもきれいで好もしく、朝ごとに私は座布団を替えて座った。

朝食のメニューはいつも同じようなものだった。麦ごはんにおみそ汁、これは若布と葱、油揚が定番。塩じゃけの切身か目刺の焼いたもの。海苔、炒り卵か目玉焼。梅干一個、納豆。

拭き上げた縁側に、古布を生かした木綿の薄い座布団。ごはんが済むと二人で向かい合って番茶を喫む。高校まで四十分歩くが、祖母が早起きなので、朝はあわてないで済む。

祖父の傘を拡げると、雨音がさすがに絹の傘という感じで品格がある。

傘の布地によって、同じ雨でもその音色が微妙に異なることを知っていた私は、自分のお金で自由に買えるようになったとき、傘を見ると買いたくなった。

タクシーの中、通勤電車の中、新幹線の中と、置き忘れた傘の数は知れない。気に入って買った高価な傘ほどすぐ失くしてしまう。そのたびに、「指輪もネックレスも持たないのだから、傘など安いもの」とか、「事故にも遭わず、通勤したり、旅行できているのだから、失くなった傘は身替わりのお守り」などと自分に言訳をして悔やまないことにしている。

卒業以来十年近くも遠ざかっていた俳句の道にたち戻り、東京女子大俳句研究会「白塔会」に復帰して数年経つと、青邨先生が八十歳の傘寿を迎えられるという時期になった。古稀のいそ子夫人と先生にお贈りする品物について、ディスカッションがあり、私は「傘寿には傘ですよ」と主張して認められ、その買物の係を命じられた。

銀座の和光で、あれこれ品定めののち、絹地の折畳傘をペアで求め、おしゃれなパッケージに華やかなリボンをかけてもらった。同時に自分自身のためにもリバーシブルの薔薇の花柄のシルクの長柄の傘を奮発した。おりから降り出した雨にさっそくその新品の傘をひらく。有楽町までの傘の音を愉しんで心が満たされた。

雑草園に参上して先生ご夫妻にお祝いの箱をお届けして戻った日も雨が降った。鞄の中から折りたたみの傘をとり出してさしたが、薄い布地で雨音も弾まない。

ある吟行会に加わった日、大先輩の俳人たちの話が聞こえてきた。しまったと思った。

「まったく不思議だ。青邨晴ってあれは本当ですよ。青邨のゆくところ、必ず晴れてしまう。あの夫妻には傘は不要だね。昔も今も」

祖父の傘卯の花腐し聴けとこそ　杏子

羅　晩夏

羅をゆるやかに着て崩れざる　　松本たかし

盛夏のころ用いる絽・紗・明石・透綾・上布などの、薄絹で作った単衣が羅である。

俳句をはじめて結社の句会というものをのぞいてみた日、それは七月の半ばを過ぎた暑い日であったが、「夏草例会」の会場である杉並区和田の妙法寺の大広間には、和服姿の年輩の女性が何人か座についておられた。

年輩と言っても、考えてみれば、現在の私の年令よりは若い方々だったのではないか。六十歳を過ぎている自分を、いつまでも若いと思いこんでいる愚かさを反省する。

羅にほそぼそと身をつつみたる　　高野素十

羅の折目たしかに着たりけり　　日野草城

ここに描写されているのは女性たちである。畳の暮らしが当たり前であった日本の夏。身だしなみというものをなによりも大切にした、日本の中流階級の人々の真夏の日常の姿。

羅や人悲しますす恋をして　鈴木真砂女
羅に衣通る月の肌かな　杉田久女
機席ベルト羅の身を縛しづめ　野澤節子

女性たちの句は、自分自身を詠んでいる。真砂女さんの店「卯波」で、私たちは真砂女さんとともに月曜会という句座を重ねてきた。小座敷に小座布団を敷きつめて、私たちは席に着くのだけれど、真砂女さんは真白い割烹着を和服の上に着けて、真冬でも座布団は遠慮された。「杏ちゃんはお客。私は店の者」というのがその理由。俳壇のパーティで、真砂女さんの和服姿はいつも際立っていた。「いいなと思った着物はすぐに買ってしまう。どのくらい着られるか、そんなこと考えもしない。あしたはなにを、どの着物でと考えるだけで、いやなことなんて忘れちゃうもの」と言われる。

久女の句は、いかにも古典にも通じた人の美意識に裏づけられた一行である。

野澤先生とは国際交流の旅で中国にも出かけたし、対談なども何度かさせていただいた。十六年もの長い闘病生活から立ち上がられた意志の人。カリエスというものに苦しめられた身を羅につつみ、飛行機に乗る。シートベルトがふわりとまとった上等の羅の身を締める。私のようにカジュアルなスタイルで旅を重ねている者には、想像もできない刻苦の衣でもあったことを想う。

羅に汗さへ見せぬ女かな　　高浜年尾
羅に女の息の通ふらく　　上村占魚
灯にそむきゐるうすもののかみかたち　　原田種芽

羅を身にまとった女人は、男性俳人の句材としてかなりの関心の的であったことを知る。ところで、私は僧衣というものの羅の美しさに目を奪われることが、近ごろたびたびある。

禅宗の僧侶という方にお目にかかる機会が増えて、その衣の涼やかさが印象深いのである。臨済宗のあるお坊さまは、ある陶芸家の山中の工房でお目にかかったとき、藤色のような灰むらさきのような麻の衣を召しておられた。よく見れば、あちこちに接ぎ合わせた部分もあり、新らしい草木染のように色のしっかりしたところと、ほとんど色あせてしまったところがある。しかし、良寛という人を想い出させるその方のたたずまいは、のびやかで、自然であくまで涼やかに清々しかった。

しばらくして、機会があって、そのお坊さまがひとりで守っておられる僧堂と自坊をお訪ねした。六月の半ばであった。なるべく早い時刻にいらしてくださいとのことで、友人と三人、近鉄京都駅を始発の七時すぎに発ち、大宇陀のその院をお訪ねする。

夏鶯が谷わたりをして啼きわたる。時鳥も上空を行ったりきたりして鋭い声を落としてゆく。蛍合戦の古句の軸を拝見しているうちに、「やあやあ、しばらくでございます」と奥のほうからお出ましになられた方は、純白の麻の羅に身をつつんでおられる。袖袂の涼やかさが、かんかんに熾った夏炉の前に座られると一層際立つ。

裏庭の掘抜井戸の水を沸かし、お茶を点ててくださった。当代の楽さんのお茶碗、辻村史朗さんのお茶碗、古唐津と、三人の客をおもてなしくださる。

自在鉤に大きな鉄鍋が掛けられると、そこに自ら手打ちされたうどんがたっぷりと光っていた。炉縁にそれぞれのお膳が置かれ、食前の偈が唱えられた。「唱和してください」とおっしゃられたが、私と二人の男性合わせて三人の客は、手を合わせ、瞑目のみでお許しいただく。たっぷりの薬味をいれ、大きな椀においしいおつゆでいただく。そのあとで、毎日造られるのだという、特製のヨーグルトがたっぷりと供された。酸味が強いので、野性の蜂蜜を使ってくださいと言われる。

屋根裏の部分を改造した禅堂に案内していただく。もともとの建物は百五十年ほども経た、豪壮な大和の庄屋の家屋である。土間のおくどさんなども手をいれてそっくり生かして居られる。玄関や床の花は、ほたる袋や夏あざみで野の花の気品が生かされている。

座禅を組むための一人一人の座に、小型の敷布団のようなものがきちんと折りたたまれている。その布地が実に美しい藍木綿である。天窓にはステンドグラスがはめこんである。よくよく拭きこまれ、黒びかりのするどっしりとした板の間で、匂い立つような本藍染の手織木綿の風合に手が触れたとき、ここはいい空間だと思った。

こういう空間で座禅をして、月一度の提唱にあずかれたら、どんなに幸せだろうと思えた。私たち三人は食後のひとときを、広い僧堂の思い思いの場所に身を置いて休息をさせていただいた。

お別れのときがきて、見習いの青年と門のところで私たちをお見送りくださるとき、お坊さまはすでに白地木綿の作務衣に着がえて、さっそうと佇っておられた。お茶を点て、お話をして、お昼のうどんをごちそうしてくださるとき、吹き抜ける梅雨晴の風の中で、麻の純白の羅の僧衣に身をつつんでおられたのは、私たち客を迎えてくださるお心づくし、ご接待であったのだと気づく。

「できれば年をとるごとに、もっともっと持ち物を失くして、山の中に入って暮らしたいですね。欲しいものはなにもありませんのでね」

生垣のみどりから、天牛がとび立った。黒地に白いペンキを塗ったような鮮やかな紋様。

何故か、私は美濃加茂の正眼寺で出合った若い修行中の青年達の姿を想いうかべていた。

雲水の雨雲いろの麻衣　杏子

蚊帳　三夏

青蚊帳の男や寝ても躍る形　西東三鬼

蚊帳と聞くだけでもなつかしいのに、青蚊帳といわれると、ほとんど蚊帳を吊って睡っていた、子どものころの自分に還ってしまう。

蚊帳の記憶をもたない世代が圧倒的に増えてきているのだということはよく分かっているし、昔話をしたいわけでもないけれど、蚊帳という暮らしの道具の手ざわり、色彩、その空間などについての私自身の記憶は書きとどめておきたい。

蚊帳つるや笄ぬきて髪さびし　長谷川かな女

霧しめり重たき蚊帳をたゝみけり　杉田久女

たらちねの蚊帳の吊手の低きまゝ　中村汀女

濡れ髪を蚊帳くぐるとき低くする　橋本多佳子

明治生まれの女流俳人たちの句には、蚊帳という季語が臨場感ゆたかに息づいている。蚊帳はくぐってその内部空間に身を置くものであったし、吊手というものに掛けて張らなければ、その空間は生まれない。夜が明ければまたその蚊帳は吊手から外し、きちんとたたまなければならない。なかなかに手間のかかる代物ではあった。

蚊帳は文字どおり、夜寝るとき、蚊を防ぐために部屋に吊るものである。素材は麻が一般的であるが、木綿と麻を混ぜてあるものもあった。私自身は見たことがないが、絽・紗などで作ったものもあるという。

歳時記を開くと、幮・蚊幮・蚊や・蚊屋・蚊帳・蚊袋・古蚊帳・麻蚊帳・木綿蚊帳・青蚊帳・白蚊帳・蚊帳の手・初蚊帳・蚊帳の吊り初め・蚊帳初め・三隅蚊帳・近江蚊帳・奈良蚊帳・蚊帳売・枕蚊帳・母子蚊帳・母衣幮・面蚊帳などの傍題がギッシリ並んでいる。

蚊帳を使いはじめる日も、古くは吉日を選んで吊り、吉日を選んで納めた。そのことを指す季語もちゃんとあって、蚊帳の吊り初め・蚊帳の別れという。

蚊帳の産地は近江や奈良などが知られている。いつか奈良の町を歩いていたら、元興寺の近くにどっしりとしたいかにも旧家の構えの家があった。たずねてみたところ、蚊帳問屋ということであった。さらにぶらぶらと歩いてゆくと、こんどは店先にいろいろと蚊帳地で作った「蚊帳製品」を並べている家がある。やはり風格のある家構えである。店内に入ってみると、「蚊帳ふきん」「蚊帳手拭」「蚊帳の布地」などいろいろと売っている。

ずいぶん昔のことになるが、水尾比呂志夫人和子さんが、本藍染の木綿で織り上げたお手製の裂き織の浴衣帯に添えてくださったものが、未晒しの麻の蚊帳ふきんであったことを想い出した。水切れがよく、乾きが早く、実に使い勝手がよかった記憶がはっきりとよみがえってきたので、軽いことでもあるし、あの人にもこの人にもと、差し上げたい人の顔を想い浮かべているうちに、大量に買いこんでしまった。広巾の無地の蚊帳地も切り売りをしてもらえることを知って、藍染作家の友人に頼んで染めてもらえば、盛夏用の私のコスチュームにもなると思った。

しかし、その後の暮らしのなかで、いつとなく蚊帳地のことは意識の外、つまり蚊帳の外のことになってしまい、考えることもなくなっていた。

松江の俳句大会に招かれて行ったときのこと、「藍生しまね」の原眞理子さんの家で、あっと驚くコースターに出合った。それは使い込んだ古い古い青蚊帳というか濃い緑色のざっくりとした蚊帳地を、縞や絣、型染などの木綿の古い布と上手にはぎ合わせて仕立ててある作品だった。

三森さんという年輩の女性が作っているということであるが、その人の家は松江からかなり遠い。しかし、三森さんの作品を扱って、つまり預って頒布している花田さんという裂き織作家のアトリエは大山の山麓にあるので、車で訪ねることが可能だという。その古蚊帳を再生してなんとも優美な、そしてモダンな作品を作りあげている三森さんの手仕事に出合いたいと希った。

花田さんのアトリエはすべて木で造られていた。句友の松本さなえさんの夫君の設計、施工によるものという。玄関のドアを開けると、そこに敷かれているマットが木綿の古裂をはぎ合わせ、パッチワークふうに仕上げた三森さんの作品。サロンに進むと、巨木をくりぬいて作ったそば粉のこね鉢に、古蚊帳を生かした製品がいろいろと重ねて並べてある。十センチ四方ほどの蚊帳地のコースターの一角は、うっとりするような古木綿のパッチワーク。縁はもちろん手縫いの袋返しなので、手触りがまことにやさしい。

テーブルマットもあった。二枚の蚊帳地を合わせて、当たりをやわらくし、その上に、たとえば、いろりの火の上に自在鉤にかけられた鉄鍋、その下には赤い布地で炎が縫いつけてあったりと愉しい。また、大きな木の椀がパッチワークの手法で置かれているデザインも面白い。

これも欲しいし、あれも欲しい。私の食卓を見たら必ず欲しがる人がいる。その人たちにもプレゼントしよう。気がつくと、ほとんどの作品を買い占めていた。

岡山県に近い山間の茅葺の農家で、三森さんは近所の人たちが廃棄同然にしている古い蚊帳をていねいに洗い、傷んだところはとりのぞいて、つぎつぎとすばらしい布の芸術品を創りあげてゆく。コースター、ランチョンマットからバッグやポーチ、ショルダーバッグなどまで。

麻地の蚊帳は長い間人の睡りを支え、吊られ、たたまれ、忘れられて、いい具合に色が褪せていた。その風合が木綿の古裂と、絹の古裂と一期一会の出合いを果たす。

よく洗われた古蚊帳のマットは人間の肌にやさしく、陶器、磁器、漆器、木の器なんにでも合う。ガラスの花瓶をのせても、抹茶茶碗を乗せてもしっくりとする。麻という天然繊維の蚊帳のいのちは、大ゴミとして焼却してしまうにはあまりにも惜しい美しい暮らしの道具ではなかったか。

青蚊帳の底ひに覚めて旅の者　杏子

夏帯　三夏

夏帯に山紫水明こまやかに　　下田実花

東京ってこんなに暑い街だったのかしらと理屈にもならない文句をひとりごちながら、千駄ケ谷の国立能楽堂にゆく。

ロッカーに手荷物をあずけてロビーに戻ると、「あら、杏ちゃん、あなたに逢えてうれしいなあ」と独特の張りのある声がする。

歌人の馬場あき子さんである。どうやってここにお着きになられたのか、汗もかかれず、全体に夕顔の花のように白のイメージでまとめた着物姿。

「お席は。近いところで並んでたりするんじゃない」

お若いときから仕舞で鍛えた人の立ち姿は美しい。会場に向かって進んでゆくとき、そのうしろ姿に帯がなんとも涼やか。そして品がいい。

「馬場さんって、どうしていつもお元気なんですか。信じられませんねえ」

「元気なのはあなたでしょ。あなたの声を聴くと、なんだか圧倒されるわよ。ほうら、また元気な方が現われましたよ。こんにちわ」

「先生、こんにちわ。黒田先生こんにちわ。園田天光光でございます。ごぶさたをいたしております。お元気そうでなによりです」

園田さんと馬場さんが、パンフレットを購めるため売り場に並び立つ。夏帯ってこういうぜいたくが愉しめるのだ、とおふたりの後ろ姿を眺めていて嬉しくなった。馬場さんの全体像が夕顔の花のイメージとすれば、園田さんのお召し物には、どこか、ふしぐろ仙翁の花の色と葉茎のみどりが、目立たないようにしのばせてあるような印象。しかし全体のイメージとして、園田さんも白なのだが、それは泰山木の花の象牙色を思わせる質感である。

もう何年前になるのか、馬場さんの主宰する歌誌「かりん」の祝賀会に招かれた。

「あなた、私の控え室で休んでいていいのよ」と言われ、お部屋に入ると、広いその絨緞の部屋の一隅で、豪華な能衣裳のようなものに身を包もうとしておられる凜とした女性が園田天光光さん。祝舞をなさったのであった。

夏帯を崩さぬ母でありしかな　　森本菊枝
夏帯を解くや渦なす中にひとり　　野澤節子
夏帯の昔を返す日もありや　　秋吉花守

つまり、馬場さんと天光光さんは歌の師弟であり、能楽を学ぶ連衆であり、仕事をもつ女性としてお互いに深く尊敬し合って同志的連帯感に結ばれている。そんな印象を私は抱いた。

ともかくこの日、能楽堂のロビーに佇つおふたりの和服の夏姿は、あたりを払っていた。上等な着物、そして夏帯であることは言うまでもないことであろうが、その衣裳につつまれた二人の女人の精神性が爽快な印象を与え、なによりも権威ばったところが微塵もなかった。

「あなたのこのスタイルも年季が入ったわねえ。もう杏ちゃん、それを脱げないわよ」

「恐れ入ります。ありがとうございます。生涯の女書生、遍路おばさんのコスチュームです」

と笑って答えながら、夏帯の女人のあとについて、私も会場に入る。指定の席に向かって狭い通路をゆき、シートに座るまで背筋を伸ばした見事な先達ふたり。開演前のアナウンスが流れはじめる。

今夜の演目は、石牟礼道子さんの新作能「不知火」である。橋の会第六十九回公演は二年の準備期間ののち、梅若六郎節付、笠井賢一演出による石牟礼道子作品をとりあげた。

不知火の海は、かつて三月の大潮のときには、貝を拾い、天草やひじき、わかめなど色とりどりの海草をとった美しい世界。時をへてその不知火の海は、自然と人間の生命を浸食する現代の文明そのものをあらわす場所となった。

郷愁と現実とに分裂したイメージの中で、人間の魂の問題を書きつづけてきた石牟礼道子が、不知火の海のなかに沈んでいる自然と魂の救済という願望をこめて、言葉に加え音楽を求めて書いたもの、それが能「不知火」であった。不知火の海のかつての記憶へと回帰しながら、現在の文明への深い思いが、沈黙の言葉となり音楽となって、いま私たちの前にその輪郭をあらわす。

頃は陰暦八月八朔の夜
幾十条もの笛の音去りゆくやうにて
風やめば
恋路が浜は潮満ち来たり
波の中より光の微塵明滅しつつ

夏帯や海に沈みしとりけもの　杏子

虫干　晩夏（土用干・虫払い・曝書）

虫干や父の結城の我似合ふ　川端茅舎

土用の、よく晴れた日を選んで、衣類や書籍、書画の類を陰干しにする。土用の風にあてることで、黴や虫の害を防ぐ。
座敷いっぱいに張られた紐に、着物が懸けられる。その下をくぐり抜けたりして子どもは遊んだ。高温、しかもよく乾燥した土用の風は衣類だけでなく、人間や家畜の身体をも活性化させてくれるようなここちよさを与えてくれる。しかし、家庭での虫干しの情景を記憶している世代も年々高齢化してゆく。とはいえ人間の暮らし方の歴史ということで眺めれば、過去の記憶は未来への遺産でもあって、大切に記憶されてよい季語のひとつであると思う。

無き人の小袖も今や土用干　芭蕉
一竿は死装束や土用干　許六
罪ふかき女めでたし土用干　鬼貫

うたゝ寝や揚屋に似たる土用干　其角

こういった男性たちの作品とともに、女性の句としては次のようなものもある。

かけたらぬ女心や土用干　千代女

若いころからインドに出かけ、通算五回ほど行っている。寂聴先生や横尾忠則さんたちと、インド研究家の芳賀明夫さんをリーダーとする南インドの旅に加わったのがそもそものはじめであった。インドを旅行者が訪ねるということになれば、雨季をさけ、乾季にゆくことになる。

年末から出かけて、たしか一月の中ごろに帰ってきた。八月十日生まれの私はもともと夏が好きである。炎えるような夏が好きなのであるが、湿度には弱い。広大な乾季の南インドは気温は高いが乾いていて、木蔭や家の中に入ると、冷房などなくてもひんやりとしてそれは涼しかった。乾季のインド、それはまことに快適な日々であった。

生まれてはじめて旅したインド大陸の南部で、私は炎天とか緑蔭とか涼しという日本の歳時記に載っている言葉の原点にはじめてじかに触れた心地がした。三十代で若かったこともあり、乾いた熱風の往還を歩いてゆくときなど、生きているという実感を刻々に全身で感じ、日を重ねるごとに身も心もいきいきとしてくるのだった。

巨大なバンヤンの木蔭で原始的なつくり方をした打ち出し鍋を売っている一家がいた。一日そこに一家で座っていて鍋ひとつ売れるのかどうか。しかし、子どもはどこからか水甕に水を汲んで、頭の上に載せて戻ると、両親の前に捧げるように置くし、赤ん坊は地べたに展げた莫蓙の上で、乳くさい顔をときどき蠅にたかられながら、何の不安もなくすやすやと睡っていた。東京で、それも広告会社で朝から晩まで忙しがって走り回って働いてきた自分のありようが空しく思えてきた。

ボンベイのホテルに泊まって、日の出の前に眼が覚めた。窓の下でなにか叫ぶような人の声がする。身じたくをしてひとりで出かけてみると、ホテルの庭の端で、父親とおぼしき男性が息子に芸を仕込んでいるのだった。それもなんと自転車の車輪ほどの輪にガソリンを撒いてあるのか、火を点けては炎を上げる。幼い少年は父親のかけ声に従って、パンツひとつを着けただけの裸身で、何度でもその火の輪をくぐる。その練習をしているのだった。

傍らの木はマンゴーであった。その枝に洗濯したらしい衣服がひっかけてある。日の出前はさすがに気温が低く、地面を覆うとぼしい草にも露けき気配があったが、やがてまっ赤な大きな太陽が朝もやの底から気球のようにゆっくり昇ってくる。あたりの空気はたちまち乾きはじめて、日本の朝の土用東風のような風が吹いてきた。

父親は枝に干してあった衣類を集めだした。それはあきらかに干し物をとりこむ作業であったが、私は虫干・土用干という季語を思い出して、その光景を見つめてひとりでよろこんでいた。

また、南インドのあるところでは、田植をしている女性たちの姿があった。なんとサリーを着て田に入っているのである。裾はからげているが、あきらかにサリーである。私は望遠鏡をとり出して、バスの窓に寄った。彼女たちのサリーの素材は木綿、そして粗い柄ではあるが、全員が色とりどりの絞りのサリーを身に着けている。

　その地方が絞りの名産地であることを知ったのは、帰国してからである。国内機に乗るとき、日本で言えば国家公務員のような州の役人であると英語で自己紹介してくれたインド人の女性に出合ったが、彼女もシルクの薄手の絞りで、金糸の入った藤むらさきのサリーに身を包み、アタッシュケースのようなものを携行して実によく似合っていた。

　そのとき以来、虫干・曝書などという文字を見ると、インドの南の町や村で出合った人々、その人々を包んでいた乾いた炎える風を思い出す。

　考えてみれば、日本にも古くは豊後絞り、そしていまも続く鳴海絞や有松絞の名産地がある。広大なインド大陸では男女ともに伝統的な服装が継承されているのであって、絞や絣や刺繡や型染や、その他あらゆる染織の技法が伝えられ、その加工をすすめるさまざまな手法と技術がたっぷりと残されているのだということを知らされた。

白無垢の一竿すずし土用干　正岡子規
虫干の青き袖口たゝまれし　高野素十
虫干やつなぎ合わせし紐の数　杉田久女
嫁ぎ来て紋はかたばみ土用干　長谷川ふみ子
花衣恋衣一聯土用干　吉田秋薊女

何度目かのインド行で、やはり国内線に乗るとき、空港の売店でサリー地を売っていたが、その柄はすべて絣であった。木綿の安いものから、絹の上等のものまでいろいろあって、さながら日本の銘仙柄を思わせる懐しいものもあった。

空港からバスでも行けるところに、その絣のサリー地を織る集落があるというところまでは聞きだせたが、そのままになっている。ただし、空港で売っていた絣のサリー地の典型的なものは、所持金をはたいて何本か（反物のように巻いて売っていた）買うことができた。いまだに遠い日のあの布達の手ざわりを忘れない。

虫干の離島の古裂なかんづく　杏子

白絣　晩夏（白地・白飛白）

白地着て夕ぐれの香の来てをりぬ　森澄雄

白絣という言葉は知っていたけれど、大学の俳句会で、白地着てという句が廻ってきたときは面くらった。机の下の膝の上にそっと歳時記をひろげて、白絣と同じ意味であることを知った。

清記は山口青邨先生の書かれた用紙。味のあるじつに見事な筆蹟であったから、いまでもその句の清記文字をありありと思い出すことができる。

先生は3Bまたは2Bの鉛筆を使われた。鉛筆の文字でも書き方によっては、毛筆にも劣らない強弱が生かされて、華やかにも静寂にもなる。ワラ半紙にはとりわけ上等の太字の鉛筆の文字は映えた。もちろん、もっと上質の洋紙のようなものでも、スケッチブックのように凹凸のある紙の上にも、ドイツ製の上等の鉛筆は印象深い線を示すのだった。

先生は科学者でいらしたが、私にとっては俳句の唯一の師。東京女子大俳句研究会の指導者としてのかけがえのない先生であった。

明治二十五（一八九二）年のお生れでいらしたので、四十六歳年長の師であった。先生の筆蹟が男らしく風格があったことは、私たち学生が句座に連なる上でたいへんに魅力的なことであった。白塔句会は小人数である。一人七句出句する。ワラ半紙を細長く切った短冊に、各自無記名で自分の作品を一行に書いて投句する。

先生の投句された短冊が私の清記するものの中にまざって配られると、どきどきするほど嬉しかった。間違いのないように、心をこめて清記してゆく。心をこめて、よく見つめて、ていねいに短冊に記された句を清記用紙に転記してゆく作業を重ねてゆくうちに、先生の文字の特徴が分かってきて、なんとなくその文字に近いかたちで写せるようになる。先生の筆蹟が個性的で美しいものであったこと、それは私の人生の幸福の重要な部分を占めている。

卒業してから三十歳を目前にするまで、完全に俳句と縁を切っていた私が、再び母校の句会に戻ると、学生時代と異なって、卒業生である大先輩が何人か句座に連らなっていた。

句会は構成メンバーによって、活性化する。学生だけの句会では絶対に出てこないと思われる俳句が投ぜられる。先生以外はすべて女性であるが、家庭をもち、さまざまに人生経験を重ねた中年、老年の先輩の句と、学生の句、いろいろとバラエティがあることが面白くもあり勉強にもなった。

白地着て痩脛鶴のごとくなり　富安風生
白地着てこの郷愁のどこよりぞ　加藤楸邨
白地着てつねなく夕焼待ちゐたり　大野林火

男性が夏には白絣の着物を着た時代を、私は知っている。仕事から解放された熟年の男性が寛ぐときに自宅でも着たし、浴衣よりは改まったものとして、外出にも着ることが多かった。

いまから十五年も昔のことになるが、九州は熊本の句友の家に泊めてもらったことがある。屋敷の中に煉瓦造りの蔵の立ちならぶ旧家で、廻り廊下の外側のガラス戸が昔ながらの流しガラスをはめたものであったことが印象に残っている。

友人の父上が話されたことも忘れられない。

若いとき、仕事の勉強のため、何年間か仙台に暮らした。九州では夕暮れの時間がたっぷりあったが、みちのくは日が暮れるのが早い。東北と九州を単純に比べることはしないが、たそがれの時間に、とりわけ夏は白絣でも着て、ゆっくりと夕めしを待つ。その時間の夏の日の光の中に身を置くことが、なんともたのしい、寛げることであったのに、仙台では夏でも、あっという間に電灯を点けなければならない。縁側でぼんやりとしている間がないというのはまことに味気ないものであったと。

私は東京で生まれ、北関東で育ったので、友人の父上の話がよく理解できた。

しかし、私が「こちらではみなさん焼酎を上るのですか」と質問すると、間髪を入れず「あれは車夫馬丁のたしなむもの」と答えられ、夕食の膳にはなぜか「越の寒梅」が供された。友人の祖母にあたる上品な方も席に着かれたが、白絣のこまかな柄をゆったりと着こなしておられた。

母上は洋装であったが、きびきびと立ち働かれ、涼やかな知的な印象であった。

母の恩もて長身や白地着る　榎本冬一郎

急流に雨またしぶき夏がすり　飯田龍太

白地着て行きどころなしある如し　藤田湘子

現在、白地、白絣と聞いて、たちどころに私が思い出す町は、奥美濃の郡上八幡、そして飛騨の高山である。どちらも岐阜県であるところが面白い。

水と踊りの町として知られる郡上八幡には、白絣の似合うというか、夏は白地を着て暮らす人たちがいて、私の親しくしている方々も多い。そのひとりは「おもだか家」の主人、詩人であり連句の名手の水野隆さん。もうひとりは呉服店「たにざわ」の谷澤幸男さん。

郡上八幡は水の町、川の町であるが、有名な宗祇水の湧くところ。水野さんが捌き手で歌仙一巻を巻く「宗祇水連句フェスタ」に私はこのところ、毎年招かれてゆく。谷沢さんはかの有名な郡上紬を扱ってきた人であるが、町の文化誌「郡上」の編集人であった。あったというのは、十年間をもって、この雑誌が終刊になったからである。

川風の渡る大乗寺の大広間で歌仙が巻き上がると、宗祇水に浸して冷やしてあったビールで一同乾杯となる。このとき、谷沢さんも水野さんも実にいい感じに白地を着こなして記念撮影に収まるのである。生まれ育った城下町で好きなことに打ちこんで暮らしている旦那さんの風姿である。

高山の人は住斗南子さん。呉服店「たちばなや」の主人であるが、高山祭の楽長であり、俳人であり、郷土史家であり、尺八の名手である。夫人は住素蛾さんでやはり俳句の名手。いつであったか、虚無僧姿でお仲間と尺八を吹き鳴らしつつ、月下の橋めぐりをしましたよと話して下さった。そして、ある年には実際に晩さん会のあとで、すばらしい尺八を聴かせて下さったことなどが忘れられない。

白 地 き て 兄 弟 姉 妹 ひ と り づ つ　杏子

浴衣　三夏（湯帷子・浴衣掛・初浴衣・藍浴衣・糊浴衣・貸浴衣・古浴衣）

生き堪えて身に沁むばかり藍浴衣　　橋本多佳子

このごろは浴衣地を見に出かけることもめったになくなってしまったが、毎年夏が近づくと、いくつかの店や百貨店の売場をめぐって、これと思う柄の浴衣を買うという慣わしであった。五月の母の日が近づくともういろいろと品物が出揃う。それを見定める愉しみがあった。木綿の浴衣地は、自分の働いて得た給料やボーナスで安心して求めることができた。

勤めの場所は神田錦町にあったが、小川町、須田町、池の端、上野、浅草、日本橋、銀座、築地あたりに出かけてゆくことは苦にならない。街角の呉服屋のショーウインドウに一反から三反くらいの浴衣地がさりげなく掛けて飾ってある。ひとつとして同じ柄はない。白地に藍の柄のものも涼しそうだが、藍地に白で模様を染め抜いたものはさらに涼味をそそる。

母に一反。父にも一反。そしてほんとうに好きな柄があると、実際着ることはないのだけれど、自分のためにと買ってしまう。

何年も蔵ったままであったその浴衣地を、なにかのおりにとり出してみる。濃紺地に大輪の菊花が大花火のように白で抜いてあるものなどは、時を経ても古びないし、年を重ねたからこそ着てみたいと思う柄ゆきでもある。

日本橋の浴衣問屋さんにご縁を得て、何年か続けて、母の日が近づくとちょっと高級な両面柄の藍板締のものを買いに通ったころが懐しい。日本橋小舟町という地名も涼やかだ。

一階の畳の上に事務机が向かい合わせに置いてある。天井からそのまん中あたりに電燈が下って点っている。番頭さんらしき人ほかが、そろばんをはじきながら事務を執っている。

黒びかりのする狭い階段をとんとんと二階に上って、小座敷で浴衣を選ぶ。勤め人の四十代の女には恵まれすぎた時間である。両面共に凝った精緻な柄で染め上がっていて、木綿とはいっても立派な外出着にもなる品物である。

反物はたっぷりある。冷房はないが窓を開けることができるので、問屋街の人声とともに風が通る。ガラスの湯呑みに水出しの緑茶であろうか。お茶の味の香りのよい冷たい飲物を女子社員がお盆にのせてきて畳の上に置いてゆく。母に贈る柄を選んでいるうちに、これは姑向きの感じだと思える反物が出てくる。自分のためにも買いたいが、しかし安くはない。しかし、来年はもうこの柄に出逢えないかもしれないなどと思案しているうちに、結局三反選ぶ。市価に比べてかなり安いのである。

浴衣着て少女の乳房高からず　高浜虚子

張りとほす女の意地や藍ゆかた　杉田久女

雑巾となるまではわが古浴衣　加藤楸邨

浴衣の句の中で、私の印象に深く刻みこまれている三句である。虚子の句は学生時代など、それほど面白いとも思わずにいたが、私自身が年を重ねて、少女という年ごろの女性を客観的に眺められるようになってきたからか、実に鮮やかな句だと思うようになった。

久女の句には圧倒される存在感がある。

楸邨の句、木綿往生ということばを実感させてくれる句。浴衣は寝巻にもなり、襁褓になり、最後は雑巾となって、襤褸という末期を迎える。人の汗を吸いとり、水をくぐり、日輪に晒され、とろとろと柔かくなってゆく。古浴衣という季語は決してマイナスのイメージではなく、やさしさ、年輪、慈愛、ゆたかさなどのシンボルでもあると思う。

ところで、私はめったに人が身につけることのできない別製の浴衣地と、その反物で仕立てたもんぺの上下一組を持っている。

東京やなぎ句会が三十周年を記念して、別誂の特製ゆかたを作った。その年の七月十七日、東京三越劇場の「大興業」にゲスト出演をさせていただいたその記念として、二反頂いた。それを一反はとっておいて舞台で着用したのである。

その日、私は男性の浴衣姿とはなんと佳いものであるかとあらためて感心したのである。体格のいい人もやせている人も、背丈にかかわらず素足に草履、または下駄を履きしめると、洋服のときとは全く別の感じ。それぞれにいきいきとしてしまう。

しかし、その日に発見したのであるが、入船亭扇橋さんと柳家小三治さんだけは噺家として、師匠として白足袋をきっちり着けておられ、ひときわ粋であった。ちなみにこの浴衣、「東京やなぎ句会」の文字は染めてあるが、七文字に二重の枠の分を入れても、縦十センチ、横三センチほどの目立たないデザインとなっている。

たまたまこの浴衣の染め見本がいくつか届いていて、みなさんで検討、決定される場面にも私は居合わせていた。東京四谷荒木町の「万世」の奥まった座敷の壁に、型染めの柄の大小が三案ピンでとめてあり、句会の前の食事時間を利用して意見交換をして、最終注文を決めるところであった。白地に三本の藍の立枠がいくつも走っているが、そこには五七五その他の文字や紋が並んでいる。その地の上に「東京やなぎ句会」の文字がちょうど短冊を斜めに散らすように置かれてゆく。

驚いたことに、「ちいさく、ちいさく、もっと目立たないように」と叫んでおられるのは変哲先生こと小沢昭一さんで、全員が「そうそう。その字は見えなくったっていいんだよ」などと応じている。東京やなぎ句会メンバーの美意識は、一枚岩であって微動だにしない。

そんな人たちの誂えられた浴衣地を、永さんが「もんぺは一反じゃ足りないんじゃない」と二反も恵んでくださったのである。

両面長板締藍染の浴衣地で仕立てたもんぺも、秋草繚乱とか露芝とか何着か持っているが、大塚末子先生が「真夏にテレビに出るときに着るように」と選んだ柄で仕立ててくださっていた一着がある。その指示をなさって、次の年の夏の来る前に先生は昇天された。

先生お見立てのその浴衣は鮮やかな藍の地に波と千鳥がダイナミックに白く染め抜かれているもので、見るだに涼やかであり、日本の伝統的意匠の斬新さに驚く。浴衣地で仕立てた上下は軽いので、真夏の旅行の折、小さくたたんでいつもの一澤の布鞄に沈めてゆくこともある。実際に旅先で着ることがなくとも、携行しているということで、涼しさを感じつつ移動できるということもあるのだ。

浴衣きて波間に近き机かな　杏子

扇　三夏（扇子・白扇・絵扇・絹扇・小扇・古扇・扇売・扇使い・扇店・末広・扇の要）

母がおくる紅き扇のうれしき風　　中村草田男

母にもらった扇の風、子供の日の思い出は年を重ねていよいよ鮮明になる。この句の母は紅き扇を使っている。若く、いきいきと美しい人なのであろう。草田男という作家の句には、人間への愛情、家族、つまり母や妻や子へのあふれんばかりの愛がこめられている。うれしき風は字余りであるが、そんなことを超えて、この一行には何ものにもかえがたい幸福感というリズムが宿っていて、読み手のこころをゆたかに包みこんでくれる力がある。

舞や祝儀また茶席用の扇は別として、涼をもとめるための扇は当然夏の季語となっている。例句はいろいろとあるが女性たちの、

扇閉づ悲しきことを問はれゐて　　鷲谷七菜子

倖を装ふごとく扇買ふ　　馬場移公子

仰臥さびしき極み真赤な扇ひらく　　野澤節子

扇替へ再び出づる夜の稽古　古賀まり子

などの句を見てゆくと、境涯性の濃く漂う季語として効果を挙げていることを知る。

私は夏に生れた。八月十日は暦の上では立秋を過ぎているが、暑さのただ中にこの世に誕生したことが影響しているのか、夏が好きである。くらくらするほどの白炎天の日など身心ともに昂揚する。湿度には弱いが、高温でも乾いた風の流れるところはとりわけ快適である。いつか、ウルムチ、トルファンなどシルクロードの旅に出かけた。五十度ですよと言われても、物蔭に入ればひんやりしている。乾いていればゴビの砂漠でも、熱砂の南インドでもむしろ爽快と感じる。

暑さには強いけれど、涼風はありがたい。涼しさを求めて、扇子はかかせない。この間引出しを調べたところ、あまりにも扇子が沢山あるのでびっくりしてしまった。

よく調べてみると、紺紙金泥の般若心経を印刷したものが何本もあった。西国の三十三観音を巡って、結社の仲間と吟行を重ねていた。年に四回、一ヶ寺ずつというロングランの計画であったが、八年余の歳月をかけて満行を見ている。現在は四国八十八か所の遍路吟行、坂東三十三観音を巡る吟行をそれぞれ年四回続けているので、そのときどきに求めてたまっているのだった。淡海に浮ぶ竹生島の宝厳寺、大津の長等山三井寺の観音堂で求めたものなどが出てくると、しばし開いて吟行の日の情景をおもい出しながらあおいでみたりした。

引出しの奥に、和紙につつんで、リボンをかけた「別製」とメモのあるものが見えたので開けてみる。三本とも白扇で、すべて古舘曹人さんにご自身の句を書いて頂いたものだ。

路刈の蜑みな老を急ぎけり　曹人
鶏鳴のまつしぐらなる土用かな　曹人

そして、もう一つ、煤竹を使ったいちばん上等の扇を開こうとすると、象牙色の扇の要がパチンと弾けてとび抜けてしまった。本物の象牙ではなく、プラスチックであったようだけれど、私はおもいもかけず要がはずれて、まるでアコーデオンのように横にひろげることの出来る扇というものを手にして感じ入ってしまった。曹人さんは同門の兄弟子であり、私を鍛えて下さった恩人である。

他の二本に比べて、煤竹の骨は品格があり、扇面の紙も上等である。京都寺町の鳩居堂でこの白扇を求めてきた日のことをおもい出した。曹人さんや深見けん二さん、斎藤夏風さんたちと各地に旺盛に吟行を重ねていた時代があって、句会で私が特選に頂いた句を東京に戻って曹人さんが書いて下さった。それを大切にしまい忘れていたのである。扇の要は店に持ってゆけば留めてもらえるであろう。句は、

浜木綿の薄暮にひらく濤の音　曹人

そのほかにも、津田清子先生に頂いた奈良絵の扇子が大・小、つまり男ものと女ものの二本、奈良晒の布に包まれたものが出てきた。

それにしても、しまいこんでちっとも使われない扇子は哀れだ。なんと「布製扇スペシャル」とメモつきのインドネシアのヴァティックの古布にくるんだものがある。

フランス製とイタリア製の扇。前者は骨が紫紺色、布地は紺とむらさきのグラデーションの幾何学模様。外側の骨は両端ともガラス製。扇面とお揃いの布地のハンカチーフまで付いている。後者は竹の骨で茶色。扇面はジョーゼットの感じの布で山百合が全面に散らされている。山百合の葉と茎の色と同色の絹糸の房が扇の要のところに付いている。

黒い布地の喪服用の上等なものもある。これでは獺の祭ではないか。魚をよくとらえることはしても、それを岸に並べておくだけで一向に食べない獺だ。獺は愛嬌があるが、人間としていろいろと手に入れたものを、その存在すら忘れ去っているのは我ながら度し難い。それだけではない。印度更紗の古布のとりわけ美しい部分を生かして仕立てられた扇子袋、つまり扇入れを、私は見かけるたびに銀座の「むら田」で買っていた。むら田の製品は上品で、布地の合わせ方がすばらしい。いろいろと買いこんで、もったいなくて使わない。それもいくつもしまいこんであった。

私は気をとり直すべく、こんどはその在り処をしっかりと頭の中に記憶している手箱を開けた。角館の山桜の皮を加工した樺細工のその手文庫には一本の白扇が大切に蔵ってある。石田修大著『わが父波郷』の著者サイン本とともに。あき子夫人が句集を出されたとき、波郷さんがお祝に何本か書かれたという女物のシンプルな白扇に記された句は

水中花培ふごとく水を替ふ　　波郷

白水社から出たこの本が書店に並んだ晩、三、四人でお祝の杯を上げたが、その席で修大さんが下さった。波郷記念館に収めて下さいと申し上げたのに、「いや、いいです。もらって下さい」と手渡されたものである。

つい、十日ほど前のこと。兄嫁から荷物がとどいた。

「お姑さんのお部屋のものの中で、これは杏子さんにということになった品物をおとどけします。みんな杏子さんからのプレゼントだったと思います」

芭蕉布の手さげ。科布とさき織の藍色地を合わせた信玄袋。黄楊の櫛と手織の縞木綿で仕立てた櫛入れ。牛首紬のペンケース。そして扇子が一本。白地の布に藍の濃淡で水の流れのような動きを散らした涼やかなもの。

浴衣地と扇は毎年贈っていた。秋草の柄を母は好んだので、そんな扇を探すのだけれど、いざ買おうとすると、いい絵柄のものはなくて困ることが多かった。七十代まではよかったが、八十代、さらに九十代となってくると、あまり渋いものでは淋しい。かといって、派手なものも困る。妙に力強い筆致の秋草というのも気に入らないし、扇選びには苦労をした。

母は最晩年、自分の身の廻りのものを親しい友人や句友に差上げていた。この扇子はきっと気に入って、使わなくても手にとって眺めてはくれていたのだと思った。

水の香の母の扇をたたみけり　杏子

秋

秋袷　仲秋（秋の袷・後の袷）

喪主といふ妻の終の座秋袷　岡本眸

秋冷をおぼえてとり出して着る。単に袷といえば、初夏に綿入れをぬいで軽やかに着るのだが、秋袷は暑さからひややかさに向うので、襟をかき合わせるような感じがある。後の袷ともいうように、どこかひっそりとした感じもある。
和服を着る人が減ってしまった。高齢者、長寿の人は増えているけれど、そういう年輩の人も洋装という場合が多い。着物を着て暮らす人はほんとうに珍しい存在になってしまった。

つつましや秋の袷の膝頭　前田普羅
雨の日の客と出でたつ秋袷　原石鼎
秋袷心すなほに生きのびて　池内たけし
秋袷酔ふとしもなく酔ひにけり　久保田万太郎
秋袷母の忌日の休暇得て　草間時彦

最後の句の作者、草間時彦を別とすれば、ここに挙げた男性の俳人たちもみな、日常的に和服を着ていた。外出するときは背広であっても、自宅に戻れば和服に着がえて、畳に坐るという暮らしを送っていた人々である。

秋袷振りのくれなゐ目に立ちぬ　高橋淡路女
よき帯をしめてをらるゝ秋袷　星野立子
話しつつ膝にたたみぬ秋袷　今井つる女
癒えし母へ家計簿かへす秋袷　馬場移公子

ここに挙げた女性達もまた和服の人々であった。和服で暮らす人々の時間の流れがゆったりと落ちついていることが分かる。羨ましいような気がする。つる女の句など、何とも言えぬ雰囲気がある。日本間に正座しているその膝の上にということで、何か話しているその会話の内容まで聞こえてくるようである。障子の外は秋晴かも知れない。いや、静かに秋の雨が降っているのかも知れない。
ともかく、女性達が家の中でしっかりと腰を落ちつけて、暮らしのきりもりをしながら季節の節目ごとに衣食住すべてのことに眼くばりをして、ぬかりなく必要な手を打ち、すこやかに円滑に家庭というものを運営していたのである。

秋袷激しき性は死ぬ日まで　稲垣きくの

秋袷夫なきものに不貞なし　鈴木真砂女

この二人、共に久保田万太郎の「春燈」を代表する女流作家である。万太郎亡きあとは、安住敦の下で、共に境涯性の濃厚な作品を作りつづけてきた。きくのという俳人には逢う機会がなかったが、真砂女さんには、大先輩をさんづけで呼ぶことは恐れ多いのだけれど、そう呼ばせてもらうことがいちばん自然なほど、長い間親しくさせて頂いてきた。

銀座「卯波」の女将であった真砂女さんとの出合いは忘れがたい。第一句集『木の椅子』でおもいもかけず私は現代俳句女流賞を頂いた。文化出版局が出していた賞で、選者は飯田龍太、森澄雄、細見綾子、野澤節子、鈴木真砂女の五氏であった。選考会の日など、関心もなし、私は知るはずもなかった。たまたま安住敦先生の長子邦男さんが平凡社に勤めていて、大学セツルメントの仲間であった。邦男さんが、「君、鈴木真砂女に逢ったことあるの」と言うので、「逢ったことない。私は自分の結社以外の俳人を知らないもの」と答えた。

「おやじがいつも言っている。真砂女は年とともに句が凄くなっているんだと。俳句を作っているんだったら、実物に、大先輩にじかに逢ってみた方がいいんじゃないか。よかったら、こんど卯波で飲もう。そのとき紹介するから」

という訳で、約束をしたその日がたまたま選考会の日であった。NHKの「テレビファソラシド」というヴァラエティ番組に出演していた永六輔氏にインタビューをして、会社に戻ると、机の上に大きな貼紙がある。「大至急電話を!!」。書かれていた番号にダイヤルを廻す。「博報堂の黒田ですが…」

「あっ、やっとつかまりました。黒田さんが」と叫んでいる人がいたと思うと、文化出版局「ミセス」編集部の田辺君が電話口に出る。「おめでとうございます。まさか黒田さん、俳句やってるなんてねえ。ともかく受賞されるでしょ。よかった。よかった」ということで電話が切れた。田辺君とはインド旅行を共にしたことがあった。

信じられないことだが、ともかく、実家の母に電話をする。

「あら、おめでとう。よかったわ。そういう時って、交通事故に遇ったりするの。タクシーで帰りなさい。まっすぐに。お金はあとで上げます」。

いま考えてみると、母はすこしも驚いていなかったことが不思議だ。ともかく「卯波」にゆかねば。安住君が待っている。気がつくと「卯波」の電話番号のメモがない。図々しいが背に腹はかえられない。さきほどの選考会場「北山」に電話をする。自分の名前も告げず、

「そちらに俳人の鈴木真砂女先生がいらっしゃるでしょう。お願いします」

「ハイ、鈴木真砂女ですが」

「すみません、先生のお店の電話番号お教え頂けませんか」

「いいですよ〇〇〇〇です。じゃ」

会社から銀座松屋までタクシーに乗る。降りてお店に電話をして安住君に迎えにきてもらう。

いつも波郷さんが口開けの客で坐っておられたというカウンターの席に坐る。

「私ね。現代俳句女流賞になったのよ」

「まさか。あれは大物、ヴェテランの女流俳人がもらう賞だよ。君にくる筈はないよ」

そのとき、入口のガラス扉が引き開けられて、あでやかな和服の女性が現れた。

「ママ、この人、黒田杏子っていうんだ」

「あらっ、私たちが今日、賞に決めた人じゃない。この際新人を世に出しましょうってね。とくに女性選者三名が推したのよ。あらあ、おめでとう。がんばってね。どんな人かなあって思ってたのよ。乾杯、乾杯。ほんとうにおめでとう」

その晩の真砂女さんの着物はターコイズブルーの地に銀色をたっぷりと配して、秋草が散らされた訪問着だった。あの日から二十年の歳月が流れたが、華麗な秋袷に身を包み、小さな両の手で初めて出合った無名の私に力をこめて握手をして下さった人の優しさ、率直さを忘れない。

生き形見とてたまはりし秋袷　杏子

秋草　三秋（秋の草・千草・八千草・色草）

思い起す又秋草に到るなり　星野立子

秋草ときけば、おもい起す美しい小袖がある。東京国立博物館所蔵の「白綾地秋草模様小袖」、通称冬木小袖である。この見事な小袖は絵はがきにもなっているので、毎年、秋が近づくと、このカードをたっぷり用意して、いつでも惜しみなく使えるように準備しておくことが私の愉しみでもある。

手許にある長崎巌「小袖からきものへ」（『日本の美術』至文堂）によれば、江戸時代中期前半、ちょうど友禅染が技法として完成された頃、「光琳模様」と呼ばれる流行模様が町人の女性の小袖を席巻したのだという。これは尾形光琳の画風を小袖意匠にうつしたもので、享保から元文にかけての約二〇年ほどの間、爆発的な人気を博し、主に町人女性を読者とする服飾雑誌、小袖模様雛型本にも、これを特集したものが多数出版されたのだとある。

この光琳が描いたという秋草の小袖は写真で眺めるだけでも十分にたのしめる。秋草が描かれているのに、「冬木小袖」とも呼ばれるのは、光琳がたまたま親しい人物（逗留先である江戸深川の材木商、冬木家の夫人）に請われて、白地の小袖を画絹にみたてて得意の「絵」を描いたという解釈が通説となっているようである。

尾形光琳が桃山時代以来続いた高級呉服商、「雁金屋」の生まれであることは広く知られている。雁金屋の顧客は徳川家康、季忠をはじめ、豊臣秀吉未亡人北政所、淀君、秀頼、後水尾天皇の中宮東福門院などで、雁金屋が当時きっての呉服商であったことが分かる。そのような背景をこころに置いて、この冬木小袖の意匠をあらためて眺めてみると、桔梗や芒や萩、そして枯色を帯びた菊の花などが、小袖というキャンバスに配置されているその構図が一層興味深く思われてくる。

私にはかつて、結社の仲間と、廣重の「江戸名所百景」のビューポイントの周辺を、毎月一度かかさず吟行して句会を重ねていた時期があった。

一年十二回吟行をしても、百景を訪ねきるには八年余りの歳月を要した。深川方面にも何度かこの吟行で出かけて行ったが、深川で冬木町という町名に出合ったときは、どきっとした。驚きは喜びに変り、懐かしく、あの美しい光琳の手描き小袖をおもい起していた。

秋 の 草 全 く 濡 れ ぬ 山 の 雨　　飯田蛇笏
秋草もひとの面輪もうちそよぎ　　木下夕爾
秋 草 の 多 き に つ れ て 人 恋 し　　中村草田男

こういう句に私は深い共感を覚える。山村で育った私には、蛇笏のこの句を目にした瞬間、秋冷の山気に全身がつつまれてゆく。

戦後まもなくの頃は履物がなかった。靴などあろうはずもなく、たまに学校でズック靴が支給されることがあっても、抽せん。それにクジに当ったとしても、古いズックのゴム底と引換えという条件。クジ運の強い私が運よく引き当ててからが大変。我家は疎開家族で古靴がない。間借りをしていた父の生家の軒下に打ち捨ててあったズック靴をさがし出したが、どうしても片方しか出てこない。やむなく、その当りクジを友人に譲ったという忘れられない思い出がある。

あのとき、ズックの布の部分は軒下の風にさらされて、風化してぼろぼろになっているのに、ゴム底はあまり古びていなかった、そんなことをもありありと思い出す。

というこことで、どの子もちびた下駄か、藁草履をはいて走り廻っていた。その草履の鼻緒には、大人たちの心尽くしの端布が編みこんである。メリンス、木綿、銘仙…。ともかく赤い布は女の子、紺や黒地は男の子用であった。

そんな草履で道端の草むらに歩をすすめる。または露けき秋の山に登ってゆくと、草履も足もしとどに濡れる。しかし、布というものは水に濡れれば、その色合を増すことを知って、わずかな布片の色の変化を子供心に美しいと思った。濡れることを嫌がるどころか、湿ってしっとりとなるその鼻緒の感触を嬉しいとさえ感じた。

秋 草 に 子 は 休 ら へ り 父 も 亦　前田普羅
秋 草 は お の お の 雨 に 沈 み け り　松村蒼石
切 り て 挿 す 秋 草 絶 え ず 庭 古 り て　及川貞

秋草のさまざま山の縁かな　　中川宋淵

これらの句が生まれた頃の日本には、高層階住まいの人はめったに、いやほとんどいなかったろう。玄関を出れば、いや縁側から下駄で庭に下り立てば、そこに秋草がある。また軒端近くに山が迫っている。その秋草と大人も子供も触れ合って暮らしていた。

いまでも、子供の頃にスウェーターや、ちゃんちゃんこ、綿入れの袖無し、もんぺの裾がじかに秋草と触れ合ったときの感触を忘れ得ないのは、その体験が快適だったからである。

若いとき、光琳の秋草尽くしの小袖を見て、いつかああいう着物をなどと思ったこともあるが、歳月を経て、現在も、これからの人生の時間の中でも、自分が着物を着ることはないということがはっきりしてきた。それでいいのである。

ところで、華やかな中にもどこか荒涼とした要素を含む秋草の趣きに対する愛着はどこからどうして生まれてくるのだろうと考えてきたが、

淋しきがゆゑにまた色草といふ　　富安風生

秋草の名もなきをわが墓に植ゑよ　　高浜虚子

秋草のはかなかるべき名を知らず　　相生垣瓜人

うのとりの踏んで枯るゝよ秋の草　　永田耕衣

秋草と斜面に吹かれ誕生日　　上田五千石

などの句を眺めていて、そのこころの源流を知らされる心地がした。

大雨のあと秋草を剪りに出て　杏子

案山子　三秋

倒れたる案山子の顔の上に天　　西東三鬼

西東三鬼の句はもっと都会的な作品のはずだと考える人も多いかも知れない。

水枕ガバリと寒い海がある
中年や独語おどろく冬の坂
枯蓮のうごく時きてみなうごく
薄氷の裏を舐めては金魚沈む

などの句を愛唱している人はこの世に多いことを私もよく知っている。

しかし、子どものころ、那須の山村に育ったからであろうか、句集『夜の桃』に収められている冒頭の句を私は大切に胸に蔵ってきた。昭和二十二年の、三鬼四十七歳の作品。倒れたる案山子という描写は誰でも出来るが、その顔の上に天、というここが何とも哀しいのである。

学生として句会に連なるようになった頃、このフレーズをこころに呼び出すたびに、底なしの沼に引きずりこまれるような虚無感というか、果てのない淋しさのような感情に包まれた。俳句というものの恐ろしさを知らされた思いがしたが、当時の自分の作る句は実に単純な身辺のスケッチ、初心者のレベルにとどまる平凡なものばかりなのであった。

話は変わるけれど、私が小学生の頃、つまり、昭和二十年代の北関東の田畑には案山子がよく立っていた。その頃は田畑を荒らす鳥おどしのために、人間の代わりに案山子が立っているのだとばかり考えていたが、歳時記をよく読むようになって、農作物への鳥獣の害を避ける手段には変りはないのだけれど、その方法に三通りがあるということを山本健吉氏の解説などで知ったのである。

その一は田の神を迎えて豊穣を祈り、害を避けようとする方法。神の依代の人形や神札を田畑に立てたり、注連を張ったりする。中部ではそめ、北陸・近畿以西ではおどし・おどせ・おどろかし、九州西北部ではとぼし・とうぼしなどと言う。

その二は、襤褸・毛髪・獣肉・魚の頭など、悪臭のあるものを焼いて、串に挟んだり、注連に下げたりする。これを一般に嗅しと言い、焼しめとも言う。

その三は、物音を立てたり、鳥獣を吊し下げて恐れさせる方法である。以上を総称して案山子と言う。ということを知ったときは眼の鱗が落ちる思いがした。

現在では、一をさして言うことが普通で、竹、藁などで人形をつくり、蓑、笠などを着せ、弓矢を持たせたりして、一本足の棒で田畑の畦に立てるという解説は納得がゆくが、現在はかなり様子が変ってきていると思う。

ただ、見かけ倒しの役たたずを罵るのに案山子と言ったことから、この字を当てたのだという。しかしまた、案山子は農神でもあって、信州では十月十日の十日夜に、案山子揚げと言って祭を行うということもあると記されている。

山田守る案山子も岳児の隼人かな　高浜虚子
案山子立つれば群雀空にしづまらず　飯田蛇笏
我家の法被着て立つ案山子かな　赤星水竹居
案山子運べば人を抱ける心あり　篠原温亭
出征旗まきつけ案山子立腐れ　沢木欣一

虚子の句など、おそらく絣の着物に岳児帯を締めた薩摩の青年のいでたちなのであろうし、水竹居の句は名入りの法被を着ている。沢木欣一の句となれば、自身が学徒として戦地に赴いた世代であり、出征旗をまきつけたその案山子が立ったまま腐っているという描写には、作者の批評がこめられていると思う。蛇笏の句は大景が詠まれていて、いかにも甲斐の山河である。温亭の句はユニークな角度から詠まれているが、臨場感があり、共感を呼ぶ。ともかく田畑を鳥獣の害から守るということは大変なことであったことが分かる。

私は案山子をこしらえてゆくその場面も見ているし、案山子を抱えて畑にゆく叔父のあとについて走った日のことも覚えている。古木綿の野良着を着せ、その上に藁で編んだ蓑のようなものを着せていた。笠もかぶせたのだが、子供ごころに、その笠がとばないように案山子の顔の部分のあごのあたりに結わえつけたその絣の紐の模様を鮮明に覚えているのである。

絣はもちろん木綿だが、いま思えば、手織木綿の古布であった。洗いざらしたその藍の色はところどころにムラがあり、汚みがあり、決して美しい布ではなかったが、その布の切れ端を叔母が手際よく紐に縫いあげ、笠にとりつけ、叔父が案山子にかぶらせた。そんな何でもない動作を、五十五年も経ってはっきり憶い出す。これは私が老人になった証拠かも知れない。しかし、絣というものの文様、柄にともかく私は小さい頃から強い関心を抱いていたことは事実だ。

たそがれて顔の真白き案山子かな　三橋鷹女

の句にも魅かれてきたが、私は叔父が抱えて行って畑に立てたその案山子にどんな顔が描かれていたのかがはっきり思い出せない。のっぺらぼうであったとは思わないが、よくあるへのへのもへじでもなかったし、分からない。ともかく布の手ざわり、その柄、文様、材質。いまの言葉でいえば、テキスタイルというのであろう。そのことにひどく関心のあった子供であったことだけは間違いがない。

嫗ともまた翁とも捨案山子　杏子

新米　晩秋（今年米・早稲の飯）

新米といふよろこびのかすかなり　　飯田龍太

新米の季節がめぐってくるたびに、この句をおもい出す。新米はおいしい。今年米の炊きたてにおかずは要らないということは事実であるけれども、この句はもっと新米というものと人間の暮らしを深いところでとらえている。よろこびのかすかなり。ここをくり返しているうちに、何故か涙ぐましくなってくる。こころの芯に響く言葉である。

新米の粒々青味わたりけり　　福永耕二

一握の新米のぬくみ掌のぬくみ　　吉田北舟子

新米のつめたさを掌より流す　　川本臥風

新米にかぎらず、お米というものに対して、一粒でも粗末にしてはいけないもの、お百姓さんの汗の結晶であるから。と教えられて育ったので、お米に対する特別の想いはいまでも変わらない。

いまから十五年ほども昔のこと。ある全国紙の家庭面に、「暮らしの本音」というようなことで、最近感じている問題点を書いてほしいと依頼があった。

折から新米の季節。勤め人であった私は、神田神保町界隈でお昼を食べる。若いオフィス・レディたちが、ごはん、ライスというものに、ちょっとだけ箸をつけてはそのほとんどを残す。そのことが気になってたまらなかったので、

「半分にして下さいとか三分の一位にして下さいと店の人にあらかじめ頼む。ほとんど食べないのであれば、ごはんは要らない、と最初からはっきり言うべきで、ほとんどが残飯として処分されてゆくことを何とも思わないのはよくない」

という主旨のことを書いた。そのコラムには読者の率直な感想が寄せられた状態で載ることになっていて、その反響が一種の読み物となる企画であった。当時、物はどんどん消費するということが当り前のような風潮。果たして、

「オバさんが何を言う。ダイエットということに無関心な人の意見である。食べたいかどうかは食べてみてから分かる。もったいないかどうか、それはお金を払っている者が判断することで、他人にとやかく言われることではない」

というような反論が若い女性たちから寄せられた。一方、年輩の男女からは、

「よくぞ言ってくれた。こういう問題はもっととりあげられるべきだ」

という意見も寄せられてはいた。

「広告」という雑誌の編集長で、広告会社の社員、何より一人の生活者であった私の意見、問題提

起は、「ダサイ、ウルサイオバサンの繰言」として、大むね一蹴されたのである。

あのとき、二十代であった彼女たちも、四十歳位になっている。独身の人もいるであろうが、母親になっている人も多いはず。どんな家庭生活を送っているのであろうか。

新米のくびれも深き俵かな　浅井啼魚

新米の俵締むれば直立す　宇治春壺

美しき俵となりぬ今年米　遠藤韮城

お米というものが俵に詰められていた、そのたたずまいを見て育った私には、ここに並ぶ句のよろしさが十二分に分かる。そして新米の俵を、あたかも神々しいもののように詠みあげた作者たちの心にあらためて共鳴する。

俵のように大量の米を詰める場合は別として、普通、お米を持ち歩いたり、人にあげたりするとき、使われた容器は木綿の、つまり晒しの手拭いを二つに折って、両端を縫って袋にしたものと決まっていたように思う。

洗いざらした木綿の手拭いは、お米の粒と相性がよい。この袋はほんの五勺のお米でも、一升のお米でもしなやかに収納する。少ないときは、袋の上端の口の部分をひねって輪にして結べばよし、たっぷり入れたときは、口の部分を別の布の紐できゅっと結べばよい。

新米のその一粒の力かな　高浜虚子

新米の袋の口をのぞきけり　綾部仁喜

学生時代、いや就職してからも、山に登るようなときは、山小屋にお米持参で出かけた。勿論、テントを張るときは飯盒炊爨。木綿という布地、手拭というしなやかな布地に包みこまれたお米の手ざわり、手重りはいつでもあざやかによみがえる。

巡礼や門付けの人に渡すお米も、その人たちのさし出す手拭いの袋に母がそっと注ぎこんでいたその風景、たたずまいを思い出す。

また手拭の袋に詰めたお米を二つまたは三つ、しっかりと大判の木綿風呂敷に包んで背中に背負ったお婆さんなどの姿も覚えている。現在はすっかりモダンになってしまった上野駅であるが、ついこの間までは風呂敷にまとめた荷物を背中に背負った人々の姿があった。

ありがたいことに、句友の中に何人も篤農家のご主人がいる。新潟、茨城、千葉、島根といったところに暮らす人々がとびきりの新米を送って下さる。その輝くような新米を私はまた何人かの友人に福分けをする。時間があれば、札所の寺などで折々に集めておいた手拭をさっと袋に縫って、その中に収めて差上げる。

ビニールの袋でも、紙袋でもいいのであるが、手拭の袋の口を赤いリボンでキュッと結んで、それをまた折々に集めておいた色合と風合のよい紙の手提げ袋にいれて渡す。または宅配便で届ける。そのときに、これもまた友人の送ってくれた阿波のすだちなどがあれば、何個かを添える。炊きたての今年米に二つに割った青すだちをキュッとしぼりかける。湯気の上から上等のお醬油を一滴落として頂くすだちご飯ほど、新秋の朝においしいものもない。

手に掬ひ磨ぎて音を聴くことし米　杏子

菊枕　晩秋

ぬひあげて菊の枕のかほるなり　　杉田久女

この句とともに久女には「白妙の菊の枕を縫い上げし」という作品もあって、人口に膾炙されている。

子供の頃から菊は身近かな花であった。叔父や伯母が厚物咲の見事な白菊を仕立ててゆくその過程もつぶさに観察してきたし、庭のあちこちに乱れ咲く色とりどりの小菊・中菊のたたずまいにも心を寄せてきた。

母は菊の葉を揚げて精進の鉢に香りを添えることが好きであった。夏が過ぎ去って、みずみずしさをとり戻した大根をたっぷりと卸ろす。すこし甘めの天つゆに軽くしぼった大根おろしを加える。庭から掻きとってきたばかりの、暗緑色、肉厚の菊の葉をからりと揚げたものを大皿に盛りあげるそばから各自が天つゆをつけて熱々をほおばる。菊の葉の香りと、もっちりとした歯ごたえが子供ごころにも何ともすばらしいごちそうに思えた。

私の育った北関東、栃木県北部の地域では菊の葉の天ぷらはどこの家でもよく作ったけれど、菊の葉を乾かしてそれを詰めものとして仕立て上げる菊枕の話は聞いたこともなかった。

もっとも、山形や岩手、青森、新潟などのように臙脂色や黄色の菊の花びらを菊膾として酢のもので頂く習慣も昔はあまりなかった。近ごろでは、テレビの料理番組の影響もあって、各地の郷土料理がおもいもかけぬ地域に伝播して作られているということもある。菊膾もいまは栃木県でもよく作るようである。

話がそれてしまったが、菊枕は菊の花を摘んで陰干しにして乾かし、それをつめて枕にしたものである。もともと、中国の伝説には、菊の露を飲んで不老不死になったというものがあり、菊枕をすることによって、頭や目が清らかになる。

寿老を希う人、また寿老の人がこの枕を愛用したと言われていることから、女性たちが丹精こめて作りあげたものを、しかるべき人に贈るということが、日本でも風雅を愛する人たちの間では行われていたのだということを知る。その菊花は九月九日重陽の節に摘みとるのがよいとされる。

偲ぶより香のしづまらず菊枕
夜々むすぶ夢の哀艶きくまくら

この二句、飯田蛇笏の句であるが、いかにも菊枕というものの世界、菊の枕を介しての男女の情念が示されていて印象ぶかい。

天は瑠璃菊枕してまた夢に　右原八束
菊枕夢彩雲に入りにけり　水原秋櫻子
寝のたのし菊枕して菊の夢　上枕白草居
送られし菊の枕に仮寝かな　池内たけし
菊枕南山の寿をさづからむ　松尾いはほ

男性俳人の句をこうして並べて見てゆくと菊枕を送られたよろこびがあふれていてたのしく、ほほえましくも思われてくる。

実は菊枕の句がこれほど多く詠まれているとは、今回例句を調べあげてみるまで想像していなかった。例句のひとつひとつに、贈答句、あいさつ句としてのこころがこめられていることをまのあたりにして、ゆたかな気分になった。

菊枕は商品ではない。いわゆる手づくり。手作業、手仕事だから尊いというのではない。中国の故事に学び、風流・風雅を愛する人たちの間に、その誠のこころのかたちとして、受け渡しされてきた贈物であったことを知る。師弟・男女・母と子、夫婦それぞれの間に、菊花を摘み、秋の日に干し、その香の失せぬうちに白絹の枕に仕立てるまごころがゆき交ったのである。

明日よりは病忘れて菊枕　高浜虚子
菊慈童の思ひに菊の枕かな　青木月斗

歌屑を入れ縫ひ上げし菊枕　池上浩山人
遠く住む母と揃ひの菊枕　大島民郎

枕は大切である。枕が変ると寝つけないという人がいる。年中旅ぐらしをしている私には、そういう悩みはないが、ホテルや宿で、寝具の布とともに、枕の布地にはすこしこだわる。中身も、そばからとかいろいろ好みはあるが、私はその枕の布地が気になる。

枕カバーというかピロケースの布は、木綿でうすく糊がきいていて、きちんとアイロンのかかっているものがよい。どんなにはなやかな柄や色合でも、化学繊維のものは受けつけない。それが万一とりかえてもらえないときは、常に携行している木綿の手拭で包む。

生き延びて来しこと大事菊枕　後藤夜半
余生又美しからん菊枕　下村斐文
年寄りし姉妹となりし菊枕　星野立子

十年前の私であったなら、ここに示されたような句の世界の味わいをそれほどに堪能できたとは思えない。菊枕という季題のもつ世界、そこに寄せられる人生の哀歓、言ってしまえば、常識的でつまらないことかも知れないが、そういう世界に深くこころを寄せる、想いを重ねる力もゆとりもなく長年にわたって、あくせくと毎日を過ごしてきたように思う。

おとろへし香のなつかしき菊枕　　田中はつを

この句を発見したときは、また深く共感をした。摘みとったばかりの芳香あふれる菊花。それを乾かして作り上げたばかりの真あたらしい菊枕の何とも言えない新鮮なふくいくとした菊の香。そのよろしさは言うまでもないが、何日か経って、その干した菊花の香がうすれてゆく。そのときの香りをなつかしいと感じとるこの未知の作者に、私はいま、とりわけなつかしさを強く覚える。

いつかひとつ縫うてもみたし菊枕　　杏子

名月　仲秋（十五夜・中秋節・芋名月・月今宵・望月・満月・明月）

明月や舟を放てば空に入る　幸田露伴

この一句に出合ったとき、私は十分に若かった。しかし、一読、これが俳句だと思った。ともかく胸がひろがる。切字のやはこういう風に使うのか。ひどく感心してノートに写し取っておいた。生意気にも、いつかこういう気宇壮大な句を読みたいと思い、さらに、朗々と天空を渡る満月のようにたっぷりと生きてみたいとも希った。

大塚末子先生にはじめてお目にかかった晩、十五夜の月みたいな女性だと思った。金沢市で開催された日本文化デザイン会議。その前夜祭の会場で、見事な銀髪を束ねて佇つ人は、生成りのインドシルクのもんぺの上下。白足袋にむらさきの鼻緒の草履。胸もとに灰むらさきの羽衣のように薄いスカーフが結ばれていた。鶴のごとき痩身のその人はにこやかにほほえまれているが、眼光炯炯、十分に年を重ねてこられたその時間のもたらす恵みを全身にたたえた輝くばかりの立姿であった。

翌日のシンポジウム「着道楽」は小池一子さんのプロデュースによるもの。ここで「三宅一生と大塚末子」というワークショップが展開されたので、当時、一生のものをあれこれと着こんでいた私は、

「広告」誌の取材も兼ねて、一番前の席に坐った。トークショウが終り、スライド上映に移るとき、大塚さんが私の隣りの席に坐られた。そして、休けい時間になる。

「あなた一生さんもお似合いですけど、大塚末子も着てごらんになりませんか」

この瞬間から私の衣生活は革新されたのだ。

「思想の科学」NO23（'82・10月号）に対談〈きものは魂の宿り場〉赤ちゃんから寝たきり老人まで大塚末子／鶴見和子　が掲載されている。いまから二十年も前の対談で、私が大塚末子という野の哲人ともいうべききもの研究家に邂逅した時期の発言集である。

全文を紹介するスペースはない。お二人にはまことに申訳ないことであるが、発言を私が抄出するかたちで以下に記させて頂くことをお許し願いたいと思う。

人それ〴〵書を読んでゐる良夜かな　　山口青邨
筆硯に多少のちりも良夜かな　　飯田蛇笏

大塚　敦賀で育ちましたのでロシア刺繍や洋裁も習い、町娘として、街のお師匠さんに裁縫も習いました。二十七歳のとき、ふだん着のメリンスのきものに風呂敷包みひとつ。その中味は大好きな濃いあずき色に十字の絣のお召。紋付の黒い羽織と緋縮緬の長襦袢だけ。妹の家に居候して、銀座に出た日に、兄の友人に再会。彼もウラジオストックの会社が潰れて舞い戻ったとき。結婚して、彼のすすめで文化服装学院に。でも洋服は一度も着てません。相手も好きなこととして遊んできた人間、子供は居りませんが、非常に明るい家庭生活を十六年間。最後は疎開先の田舎で脊髄カリエスの彼の看病を七年間。未亡人になって、四十七歳から又東京で再スタート。いま私八十歳ですけど、〈寝たきり病人〉の着物ってのをつくってみてるんです。工夫が実って、スポンサーもつきました。このきものを持って、寝たきりの人たちの中に入ってゆきたい。その人たちと、こうしてほしい、どうしたら着やすいか、なんてジカに話合っていくつもりです。利潤は困っているご病人たちに寄付していこうと思ってます。

鶴見　先生のきものの研究は、最初に戦争中に工夫なさった上っ張りともんぺのきもの。花森安治さんがさっそく「暮しの手帳」に載せた作品。次に白いネルでつくった赤ちゃんの縫目なしのきもの。今度の寝たきり病人のきものはそれにつながるもの。お年寄は赤ちゃんに帰るんですもの。この関係がすばらしい。

大塚　年をとっても、病人になっても、やっぱり清潔なお洒落をしたい。これは人間の願いですわ。

名月や畳の上に松の影　其角
名月や眼ふさげば海と山　白雄
名月や厠にて詩の案じぐせ　召波

鶴見　先生の自伝の中の忘れられない一節。〈母の手作りの御高祖頭巾を被って、きものの上から紫の木綿紬のコートを着せられ、勉強道具を風呂敷に包んで腰にゆわえ、毛糸の手袋をはめて、片手にお弁当袋をぶらさげ、蛇の目の傘をすぼめるようにして学校へ通います〉。雪の日の敦賀の小学生の女の子、可愛らしかったでしょうね。

大塚 人間てもんはお金があったらよくない。ロクなことありませんな。お金がなくてもお洒落しようという工夫、それが私をここまでやってこさせたんです。ともかく、きものは包むということと、風ということですね。風通しがいいから涼しい。風がたまっているから暖かい。そこは活かしていきたいですね。

鶴見 きものがこういうふうに完成してきたのは、日本の風土によく合って、とくに女のデリケートな体と精神を守っているからだと思います。きものは魂の宿り場なんです。住居も容れものだし、きものも容れものなんだから、自分の容れものをちゃんとつくっていかないといけない。

名月や故郷遠き影法師　夏目漱石
名月や宵すぐるまの心せき　飯田蛇笏
望の月雨を尽して雲去りし　渡辺水巴

大塚 八十になっても心臓は丈夫ですし、目や耳もどうやら元気で、馬車馬みたいに働いていてもカゼも引かないし、下痢もしない。ただ年寄の老醜をいかに補うかというのが、いま私が一番に心掛けてることです。

鶴見 戦後の瓦礫の街から生まれた先生の新しいきもののイメージを、ご自身が後になって、「なんだ、これは父母たちがつくったもんぺ、もじり、そのほかの働き着をちょっと作りかえただけではなかったか」と言われてるのは、ほんとうに素晴らしいと思います。それは、先生が、日本の伝統的な仕事着の美しさを身近に見てらして、そのイメージがあったからこそ、新しい着物の創造ができたのだと思います。

二十一世紀の三年目に入ったいま、ここで語り尽くされているように新鮮な対話である。大塚先生は寅歳。私も寅歳。三廻り下の私は、先生といつも同級生のような気分でお話してきた。よく人に言われる。

「八十歳のデザイナーに、四十代になったばかりのあなたがよく自分の衣生活のすべてを委ねる気になったわねえ」と。

たしかに金沢市ではじめて名刺を交換したとき、先生は、「いよいよ八十です」とおっしゃられた。しかし、面と向っている四十三歳の私は眼前の女性を老人だなどと思わないばかりでなく、自分と同年代の人たちよりも、はるかに創造的なエネルギーに満ちあふれている人と感じていた。友情と連帯感はいまも消えない。

足音のわれにつきくる良夜かな　星野立子
この良夜海に在らんと漕ぎ出づる　佐野まもる
生涯にかかる良夜の幾度か　福田蓼汀

九十七歳の大往生を果たされた先生に、信濃町教会で弔辞と弔句を捧げてのち、月日がまた流れた。昨年二〇〇二年、先生は生誕百年であった。先生を想えば、私は爽やかな気に包まれてゆく。

戻りきて机に向ふ良夜かな　杏子

夜寒　晩秋（夜寒さ・夜を寒み）

あはれ子の夜寒の床の引けば寄る　　中村汀女

広く知られている句である。夫の勤務地仙台に住まいしていた昭和十年代はじめの頃の作品と知れば、みちのくの夜寒ということも思われて、一句の存在感はいよいよ増してくる。朝寒という季語もあるが、例句は夜寒の方が断然多い。引き寄せた子の床の夜具の肌ざわりが伝わってくる。母親である作者のこころのたたずまいがたっぷりと表現された名吟である。

著せられて借りし夜寒の羽織かな　　大場白水郎
夜寒さやひきしぼりぬく絹糸の音　　杉田久女
着物かけてそれを眺めて夜寒かな　　右城暮石
よこがほの夜寒のものを縫ひいそぐ　　西山誠

たまたま着物にかかわる句が揃った。ここに登場する布地は絹であろう。女のものも、男のものもみな絹地で、それが何故か夜寒という世界の中でいきいきと立ち上ってくる。

母ト二人イモウトヲ待ツ夜寒カナ　正岡子規
町中の坂に夜寒の妻を伴ふ　内田百閒
子へ買ふ焼栗夜寒は夜の女らも　中島斌雄
仮の世の母の影曳く夜寒かな　佐藤鬼房
遠き子おもふ旅なれば夜寒なれば　成瀬桜桃子

冬のすこし手前の時期、夜寒、夜寒さ、夜を寒み、宵寒という文字をじっと眺めていると、妹や子や母という家族が思われてくるようだ。子規の句は妹の律を待ちかねているもので、妹を待つという表記と、いもうとを待つという表記が知られている。このように漢字のほかをカタカナで書くと、またその切実な思いがじかに伝わってくる感じがする。また、ここに並んだ句を読みながら、夜寒のときを、ひとりひとりの作者はどんな装いでいたのだろうかと想像するのが私の習慣である。

子規は床に就いている。布団にくるまっている。百閒のいでたちは。そして斌雄は背広を着ていたであろう。コートも着けていたのではないだろうか。鬼房の句。母は和服である。みちのく塩竈の俳人。その作者の母であればすこし着ぶくれていたかも知れない。前掛などをして立働いていた母か。桜桃子の句。旅人として移動しているのである。旅の宿で、丹前などを着て机に向っているのかも知れない。和室であれば座布団なども用意されている。たっぷりとした大きな絹地のそれに坐って煙草をくゆらせているのかも知れない。夜寒の句を見てゆくと、その中に旅の句、旅情を思わせる内容の句も多いことに気付く。

停車場に夜寒の子守旅の我　高浜虚子
夜寒さや煙草尽きたる汽車の中　寺田寅彦
汽車下りて夜寒の星を浴びにけり　野村喜舟
三鬼なし夜寒の山が汽笛出す　鈴木六林男
夜寒さの松江は橋の美しき　森澄雄

停車場とか汽車、汽笛という文字を見ると、彼らの旅は、いまの私達の旅よりも、はるかに旅情たっぷりであったのだと思われてくる。飛行機や車で移動はまことに便利になったけれど、停車場という言葉の響きから湧き上る旅のこころとはずい分隔ってしまった。虚子が袴を着け、足袋をはきしめ、下駄で足袋をしている写真など沢山残っている。常に同行していた娘の星野立子も和服である。

夜寒の子守旅の我…。この構図は映像を越えた描写である。両者の存在だけが提示されているが、一句の抱える世界はさらに広がりと奥ゆきが深い。子守のねんねこに包まれた赤ん坊は睡っているのだろう。ねんねこの衿は天鵞絨だろう。どうしてその子守は停車場にきているのだろう。その子守の娘は自分を見つめた旅の男をじっと見返したのではないか。

考えてみれば、晩秋の時候を示す季語には、秋寒・そぞろ寒・漸寒・うそ寒・肌寒・朝寒などがある。

冒頭の汀女の句が国民的共感を得ているのも、この句が夜寒の句であるということもある。夜の灯の下での寒さを感じるとき、句の詠み手も読み手も、そのおもいが右に挙げたいくつかの似かよった季語を詠む場合よりも強度を増すのだと思う。

夜寒さをはるかに越えし夜寒なる　　相馬遷子

信州の山国の晩秋の寒さをこのように詠んだ作者も忘れられない。また、文章の名手でもあった石川桂郎には

理髪師に夜寒の椅子が空いてゐる

という自伝的な句があるし、かの石田波郷にも、療養時代の作品で、

夜寒も一人眠れぬときは眠らずに

という胸にひびく句がある。作者の置かれた状況を思うと、夜寒も一人という上七字余りの強さが読み手を圧倒する。眠れぬときは眠らずに。七・七・五という破調の句の韻律の勁さを、夜寒の作品と

していつも心に置き、折々に検討を重ねている。私の句は父の亡くなった晩のもの。神道のその祭壇両脇の榊の木である。

あたらしき夜寒の榊鳴りにけり　杏子

踊　初秋（盆踊・ながし・ぞめき・踊子・踊場・踊の輪・踊唄・踊浴衣）

織子帰る明日の踊の笠さげて　　有本銘仙

踊といえば、俳諧では盆踊ということになっている。各地で見てきた踊はどの位あるだろうか。その昔、母がどうしても行きたいというので一緒に出かけて行った風の盆。瀬戸内先生の寂聴塾連に加えてもらって、私も一夜踊り流した阿波踊。宗祇水の町、奥美濃郡上八幡の郡上踊。秋田西母内の踊。京都の奥の久多の花笠踊。そして長野県最南端の町、下伊那郡阿南町新野の盆踊などが忘れがたい。いずれも土地の人ばかりでなく、各地からその踊を見に、共に踊るために人々が集まってくる名の知られた踊である。

戦後は日本中どこの村や町でも、青年団などが中心になっていろいろな行事をもり立てていたが、私の小学生の頃も毎年盆踊がお寺の境内に櫓が組まれ、その囲りを大人に混じって子供達も踊るのだが、いちばん最後に参加賞が配られる。途中で眠たくなって、銀杏の木の根元に腰を下ろし、木の幹に寄りかかって、一睡りしていると、「さあ、最後ですよ。終わりまで踊った人にはごほうびが出ますよ」と叫ばれると、よろよろと立ち上ってまた踊の輪に加わる。渡されたものは、ローソクとマッチ箱のセットであったような気がするが、小学二年生頃の記憶ではっきりしない。それでも、那須の農村の夜の闇と踊る人々の人間関係、男女の会話などはきれぎれであるけれど鮮やかに覚えている。

見知りたる背中どやする踊かな　北枝
匂ひ来る早稲の中より踊かな　言水
四五人に月落ちかゝるおどり哉　蕪村
うかと出て家路に遠き踊かな　召波
踊子や貌月になり闇になり　鳳朗

のちに、歳時記の中に古人のこのような句を見出したときは、我意を得たりというか、「分かる分かる」と叫びたいほどの臨場感を覚えた。そしてまた、何年かのちに

六十年踊る夜もなく過しけり　一茶

この一行に出合ったときは、一茶という人に強い親近感を覚えた。この人の覚めた人生観、現代的感覚につよく魅かれ、例句などを心して見てゆくようになった。

阿波踊ひとつをとっても、その土地に行って体験してみないと分からない。橋など架かっていない時代、船で徳島に渡る。横尾忠則デザインの寂聴塾連の踊浴衣は異彩を放っていたが、先頭をゆく瀬

戸内さんの純白の足袋はだしと翻る墨染の衣の袂が何より人目を引いていた。

　踊町のところどころに桟敷席が設けられ、各連は踊を競う。私達の、リーダーの尼僧は徳島随一の男踊の名手と対になってじっくりと踊を披露する場面があった。いまでこそ、瀬戸内さんの経歴をこまごまと述べることなど必要もないけれど、二十年も前のその時は、徳島高女を卒業したとか、小説家であるとか、京都に庵を開いているなどの紹介がスピーカーから流れてくる。眉山の上に鎌のような月が懸かる。ひょっとこ姿の男性と尼さんの一対の踊はいよいよ佳境に入り、大観衆の拍手を浴びつつ連の者一同次の踊場へと進む。

　風の盆の胡弓の音色も、たおやかな娘さんたちの黒繻子の浴衣帯も、郡上踊のこだまなす下駄の音も、西母内の接ぎ合せた裂地の色と柄で眼を奪う長襦袢のような婀娜な踊衣裳もそれぞれに盆の闇に映える。忘れがたいと思う。しかし、あの阿波の盆の夜の六十の尼僧の、天衣無縫、天真爛漫。ふるさとの大地を踏みしめて、いきいきとしなやかに色香を振りまく踊姿の鮮烈な生命感にまさるものを知らない。

より添いて踊の顔を包むなる　後藤夜半
づか〱と来て踊子にさゝやける　高野素十
てのひらをかへせばすゝむ踊かな　阿波野青畝
いとけなき踊を父の裾がくれ　皆吉爽雨
ひとところ暗きを過ぐる踊の輪　橋本多佳子

をみならにいまの時過ぐ盆踊

森澄雄

各地の踊を訪ねるようになったのは、三十歳を前に中断していた句作を再開してからのことである。阿波の徳島では編集者たちと共に寂聴塾連に加わって踊ったが、その他の土地では観客に徹する。

しかし、新野の盆踊に行ったときは、谷川健一、岡野弘彦先生たちとご一緒で、折口信夫、柳田国男ゆかりの土地でもあり、谷川先生に蹤いてすこしだけ踊の輪に連なった。

ここの踊りは、音頭取りの「音頭出し」と踊り子の「返し」による声だけで踊りが進められ、他の地方のように楽器を使うということが全くない、神道的な雰囲気の独特の踊だ。ともかく盆の四日間とも、夜を徹して踊り続けるのだけれど、とりわけ踊りが美しいのは夜明け近い頃で、とくに、十七日早朝の「踊り神送りの式」を行う時間に限って踊られる「能登」は手おどりで実に美しい。

久多の踊は、ここも京都かとびっくりするほど山奥という感じの土地に伝えられていた。自分が車を運転しないので、いつも乗せてもらってゆくのだけれど、常照皇寺門前のペンション「上桂」の女あるじである田中さんに連れて行って頂いた。

暗い暗い山の中の道をどこまでも走りぬけて、久多のお寺の境内に着くと、その踊ははじまっていた。踊り手はみな男性、翁ばかり。白地の浴衣を着て、植木鉢をかたどったものに牡丹であろう。見事な造花が据えてある。老人たちはひとりひとりその花の鉢を両手に抱き、ゆっくりゆっくりと輪になって踊る。見物人も多いし、屋台や夜店のようなものも出ているが、踊手たちは観衆とは全く無関係にご詠歌のようなものを低く寂かにくちずさみながら、ゆるやかにゆるやかに輪になって踊る。

白洲正子さんが「かくれ里」の取材でこの踊に出合われたのは何十年も昔のことであるが、おそらく雰囲気はそれほど変ってはいなかったのではないだろうか。翁たちの風貌を寺（お堂かも知れない）の廻廊から見下ろしていると、あの那須の山村の戦後の、盆踊の夜の闇が顔を包んでくるような気がした。

老人といっても、それほど年齢の高い人ではないかも知れない。しかし、ゆるやかにゆるやかにめぐる小人数の踊の輪を構成している人たちの面持は、すでにこの世とあの世のかけ橋を渡っているかのようにも見える。ひとりひとりの風姿がまことに自然で、これほど気品のある雅びやかな盆踊もないのではないか。田中さんとまっくらな山道をまた延々と車で帰る。

あかつきの月をまろしと踊りけり　杏子

冬

綿虫　初冬（雪虫・雪蛍・雪婆・白粉婆・大綿虫・大綿）

おほわたを待つなり眼ととのへて　相生垣瓜人

晩秋、雪のように白いものが宙に舞う。寒くて、日射のほとんどないような日。また初冬の風もない寒さのつのる日にはどこからともなくあらわれて雪がちらつくように飛び交う。綿虫という呼び名が一般的であるが、雪虫、雪蛍、雪婆、白粉婆、大綿虫、大綿などとも言う。俳人好みの季語のひとつで、例句は多い。

しらしらとゐてわた虫のとぶ寒さ　長谷川素逝
大綿は心の翳を引きて舞ふ　富安風生
綿虫を指ざす誓子摑む三鬼　右城暮石
綿虫やふたゝびは見ぬ文を捲く　加藤かけい
綿虫のはたしてあそぶ橅みち　石川桂郎

綿虫という名前を知ったのはいつ頃であったか。その宙に舞う姿をみとめても、子供の頃はとくべつ関心を抱かなかった。綿虫にこころを寄せるようになったのは、やはり俳句を作るようになってからで、それも、卒業後長らく中断していた句作を再開してから、とりわけ綿虫の存在に敏感になったような気がする。

三十を過ぎて、ひとりであちこちに出かけた。紅葉を見ようと、京都にゆき、大原に行った。観光客が引き上げてしまった日暮、三千院の石垣のあたりにふわふわと浮ぶように漂っていた。綿虫だ、と気がつくと興奮して句帳をひろげた。曇天の奥からつぎつぎにやってくるその数は大変なものだ。茶店のおばさんが「どうぞ、どうぞ、お休みやす」とすすめてくれたが、私は三千院の前の道をどんどんとひとりで進んで行った。

実光院の前まで来た。その門の前にも群がるようにとんでいる。紅葉冷という言葉が頭をよぎる。市内にいたときには感じなかった寒さが足もとからしのび寄ってくる。

紅葉の色も日中に比べると、ぐんと深まっているように思えた。コートを着ているので、もうすこしこの綿虫の世界に佇んでいても大丈夫だ。紺色のトレンチコートはバーバリー製で、肩にもベルトの付いているマニッシュなものだ。赤とグリーンのタータンチェックのライニングを内側にとり付けてきたのは正解だった。スカーフもあるし、万が一、小雪がちらついたら、髪を包めばよい。パンタロンに合わせた靴は小川町の平和堂で買った踵の低い頑丈なもの。

三千院前に戻って、茶店に入る。窓ごしに夕紅葉を眺めていると、ほんとうに小雪が舞ってきた。「すぐ止みますよ。積もったりはしません。まだバスもありますし、ゆっくりしていって下さい」

私は青邨先生の文章をおもい返していた。はるか昔、私が生れる一年前の昭和十二年に先生はベルリン工科大学に留学をされた。外遊を前に虚子が京都を見て行った方がよいと、関西の「ホトトギス」同人たちに連絡をとり、田中王城氏ほかの案内で、大原を訪ね、「紅葉の雨に濡れて」という写生文を発表された。私はいまその同じ大原で、紅葉の雪を見ている。紅葉の空から湧きいでた綿虫の群に出合ったのちに。

綿虫の青くなりつゝ近づきぬ　篠原梵
綿虫を前後左右に暮れはじむ　野澤節子
綿虫の夕空毀れやすきかな　佐藤鬼房

あの日からぐんぐんと月日が流れた。

私は俳人などと呼ばれるようになり、結社の仲間とともに四国八十八ヶ寺の札所を巡拝する「四国遍路吟行」を長期計画ですすめるようになった。季節ごとに一ヶ寺、年四回吟行という気の長いスケジュールである。

三年前の十二月、高知の土佐国分寺に出かけた。真冬日を知らぬ高知である。その高知に限らず、四国の句友たち、徳島、香川、愛媛の仲間も、歳時記の上では知っているが、綿虫というものに出合っていない。それだけ四国は暖かい。雪とほとんど縁のない土地なのであった。しかし、この日、私たちはお昼前から綿虫、それも大綿と呼びたい特大の綿虫の大群に遭遇したのである。

柿葺き寄棟造りの金堂は国の重要文化財。手入れのゆきとどいた境内にあたかも雪が降り出したかのごとく出現したから、連衆は大騒ぎ。「今日は綿虫競詠ですね」「生まれてはじめて見ました」「ほんとうにつかまえてみると綿のつけ根が蒼い」などといいながら、句作に打ちこんでゆく。すぐ近くに紀貫之邸跡もある。そちらにも綿虫は舞っていて、枯野とよくマッチしていた。

その日、私は三宅一生のコートを着ていた。一枚の布を立体裁断したような実に着やすいデザイン。ウールとポリエステルの混織のやゝ厚手、茶色とグレーの中間のような何にでも合う色。これを手に入れて七年後、私は全く同じデザインの深紫とチャコールグレーの中間色のコートをまた買った。南青山のＩＳＳＥＹブティックをのぞいたら、一点だけ入荷したところ。こちらは前のよりずっとずっと薄手で軽い。それもそのはず、カシミア百パーセントはすてきな風合だが、値段もかなりの品物。しかし、私のもんぺ上下にはぴったりの型なのだから買わない訳にはゆかないと決断して手に入れた。

土佐の十二月、『土佐日記』の作者の邸跡に立っていると、雪のように舞う綿虫が一生のコートをバックに増えてくるような感じにもなる。ふと、私は大原の紅葉のたそがれに舞う綿虫を眺めていた昔々の時間をおもい出した。あのバーバリーのトレンチコートはウエストを共布のベルトでギュッとしめるから、もんぺには合わない。ネイビーブルーのあのコートはいま、妹の許にあることなども思い出す。

ぼんやりと佇っていると、コートの前に垂らしたヨーガンレールのプリーツの大きなストールに綿虫がやってくる。このストールは絹とポリエステルが混ざっているが、中心部は深いというか暗い真紅色。そして両端は赤紫色と青紫色のぼかしである。

このとき気がついた。綿虫は沈んだ色の、濃い色の、深くてやゝ渋い色のコートやマフラー、ストールを身につけているときに出現するのだと。

綿虫や光りつづける死者の爪　宇多喜代子

綿虫やそこは屍の出でゆく門　石田波郷

綿虫はこういう風に詠まれて本望なのではないだろうか。おそらく綿虫は浮き立つような明るい色、パステルカラーの衣服を着けた旅人の前には出現しない。そんな気がする。

綿虫のながれてあをき行手かな　杏子

十一月　初冬

日暮見ぬ十一月の道の辺に　　原石鼎

暦の上では、十一月はおおむね冬となる。しかし、この十年近く、意図して日本のすみずみをめざしてゆく旅を重ねてゆくうちに、当り前のことながら、同じ日本列島の北と南では、気温の高低はもとより、気候のちがいが大変なものであることを実感するようになった。そして、この十一月という月は、よく観察してみると、日本という国の風土の特徴をきわやかに示してくれる味わい深い月であるという気がしてきて、俳句を作る者としては、興味の尽きない一か月だという印象を年ごとに深めるようにもなっている。

あたたかき十一月もすみにけり　　中村草田男

東京で暮らしていると、この草田男先生の一行はまことに名言。実感をこれほど簡素に言い切って、余韻をたっぷりと感じさせてくれる句はめったにないと思えてくる。

よく晴れて風もない日、それなりの身仕度を整えていれば、日中歩くことがこれほどたのしい月はない。小春、小春日、小春日和、小六月と、年の終り近くに訪れる、春にも似たやすらぎの刻を、古人は何と上手に表現してくれたのかと、しみじみ嬉しくなるのである。

そんな日に神保町の本屋街をめぐろうと、都内の静かな住宅街を辿ろうと、それは心満たされる散歩になる。よく晴れた日中であれば、コートは要らない。大きなマフラーかショールがあれば十分。ただし、手袋は必要。それも革ではなく、毛糸ではなく、布製のものがよい。身仕度さえきちんとしていれば、手袋をはめると、寒さは完全に防げる。ついこの間まで、秋扇をひとつショルダーバッグの内に常に沈めてあったが、さすがにその出番はもうない。代りにかさばらない布で仕立てたしなやかな手袋を一組用意しておく。

峠見ゆ十一月のむなしさに　細見綾子
水の辺に十一月の青芭蕉　石原舟月
訪はずまた見舞はず十一月の鵙　野澤節子

振り返ってみて、大学卒業と同時に入社した会社に、六十歳定年の日まで席を置かせてもらったことは何と有りがたいことだったか。その会社生活の中で、共働きの私は四十三歳から、俳句を作るという生活が公けのものとなった。忙しいと思ったりもしていたが、よく考えれば、それは夢のように恵まれた時間であった。何度か勤めを辞めようと考えたが、そのたびに引きとめられ、結局最後まで会社員であった。

白湯をつぐ湯呑に十一月の昼　桂信子

謙虚なる十一月を愛すなり　遠藤梧逸

戸外の空気の中で、小春の日射しに全身を包まれるのも至福の刻であるが、よく磨かれた硝子戸の内で、十一月の日を浴びるのも嬉しい。温室に身を置くような、慈愛ともいうべき時間を体験できるからである。職場でも自宅でも、また旅先でもそんな時間に恵まれると、人生、これ以上の幸せは望まないという心地になってくる。

瀬戸内さんの寂庵嵯峨野僧伽で、先生命名による「あんず句会」がスタートしたのも十一月であった。学びと祈りの道場の構想を先生は還暦を機に発心され、落慶の年に句会がスタートした。六十代に入ったばかりの瀬戸内さんは毎月の句会をたのしみにして超過密スケジュールを縫って参加された。現在の私の年齢よりもすこし若かった先生が、ことしは満齢八十。傘寿を迎えられた。

これ以上美しい日はないと皆で讃え合った初めての句会の日、嵯峨野の紅葉はピークに達し、日暮になると、蒼い空から綿虫が舞ってきたりした。以来、私はフルタイムの勤めを続けつつ、毎月第三金曜日には休暇をとり、東京から京都に通いつづけるというまたとない暮らしを重ねてきた。

それまでも京都には数え切れないほど通っていた。行ってないところ、訪ねていない古刹もないと言い切れるほどの京都通と思いこんでいた。

しかし、一年十二か月、休むことなく十七年間も京都通いが重ねられたことによって私の自然観、人生観はどれだけ深められたことか。なんとか休暇をとって、寂庵に来てよ、とお声をかけて下さった瀬戸内先生のご恩は私にとってはかり知れないものがある。

京都駅の辺りは冬麗の季語そのものに、まばゆく明るく暖かなのに、タクシーが嵯峨野に近づくにつれてしぐれてくる。小雪がちらつくなどということはよくあることで、驚くより、むしろそのことを私は堪能してきた。バスや電車を使わず、タクシーでひとり嵯峨野に向うのは私の吟行なのである。これまでどの位寄り道をしたか、廻り道、道草を愉しんで寂庵の木の扉の前に佇ったことか、それは私のみが知る十七年間の秘密である。

京都には個人タクシーのヴェテランドライバーが無数におられる。何人かの人と親しくなって分かることだが、一口に個人の観光タクシーといっても、運転手さんによって、得意の案内分野は異なる。紅葉の名所も桜の名木もみなそれぞれに知る人ぞ知るという秘中の秘を大切にしておられる。

私は大塚さんのこのもんぺスタイルのお蔭で一度で覚えてもらえる。何となく馬の合う人というのはお互いのカンで分かる。私ほど運転手さんの友人の多い人間も少ないのではないか。男性ばかりでなく女性のドライバーの方もいる。携帯電話というものを私は持たないけれど、近ごろは運転手さんはみな持っておられるので、十数台の自家用車をキープしているように便利でありがたい。

あるとき、大阪に住む句友と同乗した。京都の大学を出た彼女は、「腰が抜けるわ。あなたは京都の人間も知らない京都を知っているのね。運転手さんとしゃべっているのを聴いていると、まるできょうだいか幼な友達みたいだわ」とびっくりされた。

京都は面白い。何よりも京都の人が面白い。老舗の人々も、名刹のお坊さんも、市場でおばんざいを作って売っているおばさんも、子供たちもそれぞれに個性的だ。

この七、八年、毎年イタリアにゆく。イタリア俳句友の会のイタリア人と親しくなるにつれ、京都はローマに似ていると思うようになった。古都には古都の暮らしが連綿と続いている。その町に生まれ育った土地っ子の大人と心の深いところでつき合いを重ねる。それ以上のよろこびが旅人にあるであろうか。絶対にそれはないのである。

蹤いてゆく十一月の石畳　杏子

波郷忌　初冬（忍冬忌・風鶴忌・惜命忌）

波郷忌の誘ふ木枯はじまれり　　馬場移公子

十一月二十一日、昭和四十四年に没した俳人石田波郷の忌日。この波郷の忌日の句は老若男女の別なく、俳句作者であれば、誰もが詠んでみたいと思うもののようで、例句はいまも増え続けている。深大寺にその墓所があるが、お詣りをする人の絶えない人気のある墓である。

馬場移公子という人に私は会ったことがない。秩父の旧家に嫁いだが、夫となった人は婚礼の日の直後に出征、戦地で果てたため、未亡人として生涯句を作り続けた人である。水原秋櫻子門、つまり「馬酔木」の同人で、秩父の同門の俳人、金子兜太氏の父上、金子伊昔紅にも学んでいた人である。

ずい分昔のことになるが、早朝のＮＨＫラジオの番組で、「四季の歌」を担当していた。飯田龍太、金子兜太、坪内稔典そして私の四名が廻り持ちで、一週間ずつその季節にふさわしい季語と例句を挙げて鑑賞してゆくのである。

ラジオであるから、耳で聴いてその一句の世界がリスナーにいきいきと伝わる句が望ましい。いろいろと例句を拾うなかで、この人の句には存在感と風土の暮らしに裏打ちされた独特の鮮度があふれていることに気付き、放送でしばしばとりあげ、勝手な鑑賞をさせて頂くことが多かった。

あるとき、小包がとどき、開けようとすると、箱の中で何かが触れ合う音がした。胡桃を芯にして、お手玉のように、色とりどりのちりめんの端切をはぎ合わせて、それをくるんであるもの。団栗を実にしたお手玉そのもの。珠数玉を実にした小さなお手玉と、いかにも山国の少女の遊び道具のようなものが和菓子の空箱に詰められていた。そして、もうひとつ、藍木綿の刺子をあしらった針山が出てきた。きちんと折りたたまれた便せんに青いインクの文字で短い文面が認められている。

「時代遅れの私のような者の句に、たびたび光をあてて下さることに感謝しております。何でもお持ちのことと思います。山国の木の実を好きな端切で包んでみました。布の中で、それぞれの実が触れ合って音を立てます。お手玉のようにして、その山の音をお聴き頂ければと思います。お目にかかることはこの先もないと存じます。くれぐ〵もお身お大切に、ご活躍下さいますように」

同門であった藤田湘子先生の証言によれば、馬場移公子という人は和服姿の美しい、いかにも日本的な女性で、気品のある面立ちの印象的な女性。上京して馬酔木句会に出席するこの人を、波郷さんもいそいそと案内されていたと。

波郷忌や波郷好みの燗つけて　鈴木真砂女

波郷忌のはや暮れなづむ実むらさき　石田あき子

あき子夫人にはお目にかかっていないが、親しくして頂く真砂女さんは、「波郷さんはねえ、そりゃ素敵な人でしたよ。俳句はすばらしいし、あんなに男らしい俳人なんていない。いい人って早く亡くなっちゃうんだから、口惜しいわ。波郷さんを嫌いな人なんていないんじゃない。男も女も」としばしば繰り返されるので、私まで会ったことがあるような錯覚にとらわれるほどである。

波郷忌や富士玲瓏の道行きて　水原秋櫻子
群青の空あたたかに波郷の忌　石塚友二
目に浮かぶ通夜の焚火や風鶴忌　清水基吉
波郷忌や踏んで木の実の鳴る音も　飯田龍太
颯颯として波郷忌の近づけり　岸田稚魚

どの句にも波郷という俳人への敬意もしくは深い追慕の心持が詠まれていて、心があたたまる。全集も一度ならず刊行されている国民的俳人なのである。

私は四十代の終りから七年間ほど、朝日カルチャーセンター新宿で、土曜日の夜に「働く人と学生のための俳句入門講座」を担当していたことがある。その教室のメンバーと、ときどき土曜日の午後から吟行に出かけた。深大寺にもしばしばゆき、波郷忌の頃には墓詣を兼ねて毎年のようにあの武蔵野の森の径を歩いた。

波郷忌ときくと、茶店の前で焚火を囲みながら俳句談義をした十五年近くも昔のこと、とりわけ、自分の着ていたコートやマフラーの色や手ざわりをありありと思い出す。自分のことだけでなく、若かった句友のジーンズルックや、ジャンバー、冬帽子姿などがつぎつぎに浮んでくる。この世にはもう居ない句友もいるし、熱中していた句作の道からすっかり遠ざかってしまった人もいる。

深大寺の森の落葉焚の匂い、大きな根榾の燃え上ったり、くすぶったりする匂い。

そうだ。あの頃は会社員であったので、私は句帳には必ずカバーをかけて、文庫本を持ち歩いているように見せかけていた。そのカバーも、大島や結城紬のどちらかといえば、男物の反物の端切を使って仕立ててくれる友人がいて、十枚も二十枚も持っていた。俳句の交流で、ドイツなどに行ったとき、何よりよろこばれたので、プレゼントしてしまい、ほとんど手許には残っていないが、あの手ざわりは懐しい。皮や紙のカバーにはない独特の日本の布のテキスタイルの美しさを海外の友人たちに分かってもらえることをよろこんでいたのだ。作り手の友人が栞の糸紐の端に共布で、何と小粒の浅蜊貝をくるんだものをくくり付けてくれていて、それも外国のＨＡＩＫＵ作者には印象深かったのである。

時は流れて、波郷さんの長子、石田修大さんは日経新聞社を自ら辞し、波郷の世界を独自の視点でつぎつぎに書いておられる。平成十四年の波郷忌を前に、妹さんと梁塵文庫という出版社も立ち上げられた。波郷という俳人は、その長子によってさらに新しい光があてられてゆく。

森深くきて火を焚ける波郷の忌　杏子

一葉忌　初冬

一葉忌とはこんなにも暖かな　　川崎展宏

一葉忌の頃はもう寒い。しかし、東京の十一月は晴れて風もない日であれば、文字どおり珠のような小春日で、夢のように快ちよい。

芭蕉忌・波郷忌・一葉忌・一茶忌とならぶ十一月の忌日は寒さを覚悟して、防寒着の用意もととのえているだけに、もしも小春日、小六月のおだやかな青空に恵まれれば、ほっこりとゆたかな気分に包まれる幸せにもめぐり合えるのである。

明治五（一八七二）年、三月二十五日（太陽暦に直して五月二日）、樋口なつ、後の樋口一葉は東京府内幸町の官舎で生れた。平成十四年は、樋口一葉生誕百三十年にあたる節目の年であった。

朗読の幸田弘子さんから、例年どおり、紀尾井小ホールでの特別記念公演の案内が届いた。ことしのタイトルは「一葉による一葉」（一葉自身が語る一葉の肖像）とある。

いよいよお札にまで肖像が印刷される一葉をひたすらに朗読しつづけてきた幸田さん。朗読をはじめてから今年でなんと五十年になるのだという。

案内のチラシには、あの鏑木清方の「一葉」の画像がカラーで印刷されている。昭和十五(一九四〇)年に描かれたこの作品は絹本着彩・掛幅装一四三・六×七九・四㎝のものである。樋口一葉という女性をイメージするとき、私の心に浮んでくるのは、この作品のモデルとしての一葉である。

私は上野の東京芸術大学ミュージアムショップで、この清方の描く一葉坐像のカードをどっさり買いこんだ。一葉忌に向う日々、友人や知人への便りはこの絵はがきを使うことにする。大昔、同じ清方の作品が切手にもなった。そのときもずい分買いこんだけれど、あと一シートしか残っていない。カードに同じ図柄の切手を貼るのはつき過ぎである。というより季重なりでうるさい。

ということで、この一葉画像は長年にわたって眺め親しんできたのだけれど、私はやはり、一葉さんの身につけている着物、帯、羽織、羽織紐、帯〆、そして、膝の上にひろげられた畳紙の上に散らばる端切の色どりとその質感の組合せ、糸巻の糸。裁縫箱の引き出された上の段にのぞく糸や小裂、そしてくけ台と朱色の布の針山……。などなど日本の布地、明治の日本の女性たちが身にまとっていた和服の布地ほかのテキスタイルを眺めて飽きない。

それにしても、清方の描いた一葉は美しい。よく磨かれたランプの下で、正座して、前掛の上に軽く組んだ両手の指。物想いにふけっているその表情は、思索的で、精神のありようが伝わる。日本画の簡素な描線の美しさと、銀杏返しに結いあげた若々しい黒髪のたたずまい。何度眺めても、いつまで見ていても飽きない。

この一葉という人の画像はおよそ六十年間生きてきたことになる。いささかの古びも、時代とのズレも感じさせないのは、一葉の作品の女主人公たちのありようと重なる。『たけくらべ』の美登利、

『にごりえ』のお力、『十三夜』のお関、『わかれみち』のお京。それぞれに魅力的であり、永遠に鮮らしい。

石蹴りの子に道きくや一葉忌
一葉忌ある年酉にあたりけり
あらひたる障子たてかけ一葉忌

三句すべて久保田万太郎の句である。

一葉という作家は二十五歳を前にしてこの世を発ったけれど、ともかく、筆一本で自立しようという、当時としては誰も思いつかない、大胆な発心を現実のものとした革命的な女性の生活者である。

この革新性にあやかろうと、東大赤門まん前の一葉ゆかりの法真寺の二階の広間を無料で借りて、勉強句会を何年か続けた。フリーライター、編集者の句座というのは、面白かったことは事実だが、勤め人でもあった四十代の私はくたびれた。多くは私より一世代若い全共闘世代。ともかく、発言は勇ましいが、季語も切字も省略も全く知らないことはいいとして、日本人の暮らしのセンス、庶民の暮らしの美しさ、伝統的なものへの関心、人間関係のマナーといったものにあまりにも無頓着、というより無知無関心。驚いた。

しかし、私にはないヴァイタリティとエネルギー、起爆力にあふれていて、彼らには敬服するところも多かった。一葉さんにあやかろうと発心、続けた句座に席を置いたメンバーの中に、久田恵さんや柳原和子さんがいらした。現在、それぞれによい仕事を重ねておられるのは彼女たちの自力によるのであるが、樋口なつさんの念力もあると私は思っている。

歌反古もおろそかならず一葉忌　水原秋櫻子
その頃の文芸倶楽部一葉忌　池上不二子
暮れて聴く枯葉に雨の一葉忌　千代田葛彦
掃き拭きの隅々生きて一葉忌　清水径子

十一月二十三日には、台東区の一葉記念館と、法真寺で一葉忌が営まれる。東京本郷で生れた私は、博報堂で「広告」編集室長になった折、市川の自宅と別に赤門前のマンションの一室を仕事場に購めた。文京一葉忌は町内会の催しでもあり、この日、二つの会場で朗読のかけもちを続ける幸田弘子さんの追っかけもした。

会社でテレビ・ラジオ番組企画部のプランナーであった時以来、幸田さんとのおつき合いは続いている。「夏草」500号の大会で、学士会館でも朗読して頂いたし、杉並区和田本町の雑草園で青邨先生と夫人の前で、弘田さんに「おくのほそ道」平泉の段を朗読して頂いたこともある。

みちのく盛岡出身の先生ご夫妻はよろこばれ、幸田さんと親交を結ばれた。広い舞台に座布団を一枚。その上に着物姿で坐って、一葉作品を朗読してゆく。ゆたかな黒髪と独自の着物姿が一葉の声と化してゆく。病気ものりこえ、毎年奇跡的に秋の公演時には元気になられる人である。朗読という孤独な、おそろしいその表現活動に対し、平成十四年、幸田弘子さんに歴程賞が与えられた。すばらしいことである。

樋口一葉のファンは日本だけに居るのではない。この八年ほど俳句交流で親しい句友となったローマ在住のイタリア俳句友の会々長、詩人のカルラ・ヴァージョ女史は、英語の一葉の日記、その他を読み尽くし、自ら日本に暮らし、下町にもなじんだ体験をふまえて、『樋口一葉の風景』という著作を刊行している。

ちなみに彼女のお気に入りのドレスは、日本滞在中に求めた凝った反物（小紋や大島など）をイタリアの一流のデザイナーに仕立ててもらうぜいたくなスーツである。

一葉忌までを励みてゆくこころ　杏子

足袋　三冬（白足袋・紺足袋・色足袋・足袋干す）

古足袋の四十もむかし古机　　永井荷風

足袋を履く人はどんどん減っている。ある句会で「足袋」という題を出そうとしたところ、無理な雰囲気を感じとったので、急遽「手袋」を席題としてすすめた。

私にはいくつか定期的な句会がある。和服を着て出席する人のいる句座もあるし、足袋という季語には愛着がある。荷風のこの句など「古足袋の」という上五が何とも佳い。古足袋とか古浴衣という言葉に宿る世界は、下ろしたての足袋や浴衣にはないもので、私はこの「古」という一文字の力を句会の席で先輩や師の作品から学んできた。

「職人絵尽」にも足袋の仕立ての場面がある。よい歳時記を読んでいると、いろいろのことを知るが、『和妙抄』単皮履の条に、

「今案ずるに、野人鹿皮を以って半靴を為り、名けて多鼻と曰ふ。宜しくこの単皮の二字を用ふべき乎」

とあり、タビは単皮の音であるとされる。踏皮と書いてタビとよませた例も多い。江戸時代初期に

は皮足袋が伊達なものとされ、紫色に染めた皮足袋が喜ばれたなどという記述を読むと、ずいぶんおしゃれなことよと嬉しくなってくる。

はじめは中国から輸入されたシカ類のなめし革を使っていて、そののち国産の皮が使われるようになるが、皮の価格が暴騰したのを機に、木綿の足袋が普及する。その木綿足袋のはき心地の良さが大いに受けて一般的になったという経過を知ると、はじめて木綿の足袋を体験した人びとの感覚とそのよろこびがじかに伝わってくるようだ。

子どものころから足袋を履くことに慣れてきた私だから、そのときの人々の足の感触がわがことのように実感できるのだと思う。

東京から疎開した私の一家は結局、父母の郷里である栃木県にずっと暮らすようになった。兄は宇都宮の高等学校に通っていたとき、真冬でも素足だった。足袋を履かず、朴歯の下駄を履くことが、宇都宮中学以来の伝統なのだという。

宇都宮の寒さは、関東の中でも群を抜いている。東北や北陸の雪国よりも冷えこむ日が多い。日光颪と男体颪につつまれて、空っ風のただ中、虎落笛の通り道のような風土である。兄も私も県北の中学を出て、学区制というものがあった時代、越境入学して宇都宮の県立高校に学んだ。

宇都宮第一高女と昔は呼ばれていたこの学校、昭和二十九年に私が入学したころはもちろん県立宇都宮女子高校であるが、男女別学であった。これは今も変わっていない。

県内各地、多くは僻地から越境入学した者たちに、とりこわし寸前の戦前に建てられた寮があって、一年あまり私はそこで過ごした。暖房は電気の置きごたつで、大部屋で何人かで共用する。どういうわけかこの学校には制服がない。しかし、寮に帰ってくると、冬季はみな足袋を履いていた。学校では靴下を履いているが、自室では足袋。ダウンコートもベストもなかった時代、みなウールの羽織とか、綿入れの絆天を羽織って、暗い灯の下で本を読んだり、予習復習に励んだ。

足袋を履きしめる、という感覚をこの身に刻みこんだのはこのときである。靴下から足袋に履き替える。足の拇指とその他の指がきっぱりと岐れて、ややきつめに鞐を止めてゆく。これで気合が入る。あしたは試験という日など、別珍の臙脂色の足袋をぴしっと履きしめた瞬間、全身に気が入った。

足袋つぐやノラともならず教師妻　杉田久女

法衣にも足袋にも継のあたりたる　後藤夜半

干足袋の天駆けらんとしてゐたり　上野泰

足袋ぬがぬ臥所や夜半の乳つくり　石橋秀野

いちにちの果の夜風に妻の足袋　飯田龍太

足袋をつぐ、干足袋、臥す間も足袋を履きつづける……。それぞれの句に作者の心情と立ち居振る舞いがたっぷりとしみている。東京女子大に入って、医学部の兄と下宿していた時期がある。竹で結った垣根に、洗い上げた足袋が裏返しになって干されていたのは懐かしい大家さんの庭の情景だ。

ところで、足袋屋さんというもののすごさを知らされたのは、数年前のことだ。ローマの裏千家の道場主である野尻命子さんは、東京芸術大学の油絵科の出身。三十年あまり、「チェントロ・ウラセンケ」つまり裏千家ローマ出張所長として茶道をヨーロッパの人々に普及している人。イタリア俳句友の会の基幹メンバーでもあって、私は親しくしていただいている。

野尻さんは毎年、夏にはバカンスを利用して日本に帰ってくる。東京につくと、私と神田駿河台下の「寿々喜」のうなぎか、「藍生」の事務所近くの九段「一茶庵」の手打ちそばを愉しむ。そのあと必ず彼女の行くところ、それは、浅草の観音裏、言問通りの「めうがや」なのである。

ローマでは乗馬が趣味で、障害物を乗り越えたりするスポーツウーマンであるが、茶道の先生であるから、着物と白足袋は必需品である。立派な道場を私も何度か訪ねているが、畳の間には炉が切ってある。お弟子にはカトリックの神父さんたちも多いし、さまざまな職業のイタリア人をはじめ、各国の人々がいる。その人たちも最初は椅子でお稽古をしているが、身が入ってくると、正座をめざす。背筋をのばして正座して、お手前に打ちこむ人々が大勢いる。野尻さんはドイツやスイスにも教えにゆくし、ローマから車をとばして、ミラノやナポリにも指導に出かける。

その野尻さんは右の拇指に力が入る性質で、右足だけその足袋に穴があく。茶席で継ぎのあたった足袋は履けない。「めうがや」では昔から野尻さんの足形を保有している。右足だけの足袋を半ダースでも一ダースでも頼んでおけば用意しておいてくれるので、それを受けとりに出かけるのである。

話を聞いて私は感激した。浅草寺にはよく出かけるし、向島百花園では定点観測と称する句会を月一度欠かさず続けて十五年ほどになる。一度「めうがや」さんを訪ねて、私も専用の足袋を作っていただきたいと思う。

私は四十三歳から俳人などといわれてひっぱり出され、勤め人のかたわら二足のわらじを履いて不器用ながらなんとかやってきた。約束の原稿を書くために帰宅して食事や雑事を片づけて一度横になる。何時間か睡ってからまた起き出して書き上げ、暁方にファクシミリで送稿することも多かった。ともかく原稿を書くそのスピードが遅いのである。昔からずっと満寿屋の四百字詰原稿用紙（NO113品番ぼたん）に何度も清書し直しつつ、手書きで書きすすめるやり方しかとっていないのである。

編集者の方々は時代の流れに乗ろうとしない頑固者の私をいつまで許して下さるのかは分からない。手書きで原稿を書くことと、足袋を履きしめることとはどこか共通するところがあるようにも思う。

一睡りして色足袋を履きにけり　杏子

角巻　三冬

角巻の女三人顔を寄せ　高野素十

雪国の女性が外出するとき、身にまとう防寒衣。東北地方から長野、新潟地方でよく見られた。見られたと過去形になるのは、もうほとんど角巻の女性を見かけなくなってしまったからで、私は残念に思う。

雪中のこの外出着、戦前は女学生なども角巻を使っていたことが写真などに残っている。秋田県の鹿角郡ではマワシトンビと呼んだという解説が鈴木棠三氏の歳時記の記述にある。そして、昭和初期まで、男子が和服の上に着た羅紗製のトンビはこの角巻に仕立てを加えたものと見ることもできるとある。私には雪女郎などのイメージとも重なるすばらしい布のアートとも思える。

子を入れて雪の角巻羽づくろふ　岸田稚魚

角巻の母の目をまた遠ざかる　細川加賀

男見て角巻の背がふとうごく　加藤楸邨

角巻や怒濤の窪に薄日差し　有働亨
雁木市角巻の眼の切長に　星野麦丘人
角巻をとめたる襟の銀の蝶　上村占魚

こういう例句を眺めると、私などはその場に佇って角巻の女たちを眺めているような臨場感を覚えるのだけれど、今の若い人たち、別に若くはなくとも、雪国にさほど縁のない人々にとっては、胸に響いてくるものが少ないのではないかと思う。

たとえば、最初の岸田稚魚の句である。おそらく、この句は佐渡で詠まれている。母親のまとった角巻の内に子どもも入れてもらって吹雪の道を来るのである。親鳥の翼にかくまわれる雛のようにその子が描かれ、雪中の母子像が印象ぶかく立ち上がってくる。

羽づくろふは、角巻に降り積もった雪をていねいに払っているその様子である。実際、私はひとつ角巻に包まれて、やってくる母子を何度も見ているし、角巻と聞けばこの句をたちどころに想起するのであるが、雪国に住んでいる人であっても、実感が湧かないという人がどんどん増えてきているのが現状であると思う。

しかし、若い人の中にも、「映画で観て知っていますから分かります」とか、「絵で見ていますから理解できます」という人がいることもまた事実である。

私は角巻を持っている。実際にそれを身に着けることはないのだけれど、一枚だけ所持している。手に入れた場所は山形県の鶴岡市。偶然の出合いで縁を得た。

このところ出かけていないが、鶴岡から車で三十分あまりの場所に黒川能で知られる櫛引町がある。馬場あき子先生にお連れいただいたことがはじまりだが、その後鶴岡には友人もふえて、ひとりで何度も出かけるようになった。訪ねるほどに好もしく思える懐しい町である。

その日、暁方に目がさめて、窓に倚ると雪が舞っていた。なんだか嬉しくなって、友達が迎えにくる時間よりだいぶ早く荷物をまとめ、雪の鶴岡を一人で歩いてみようと出かけた。足はすぐに止まってしまった。骨董店がホテルの並びにあって、主人らしき人が店の前の雪を竹箒で掃いている。古道具屋である。

「お店はまだ開いてませんよねえ」

「いや、私の家だから開店時間は別にないのよ。まあ、どうぞ」

火鉢に炭が熾っていて、ときどき火の粉が舞う。いかにも早朝という感じがする。そのとき、大きな風呂敷包みをかかえた人が店に入ってきた。「あと二つ」とつぶやくとその男性はさらに大きな重そうな包みを持ちこんでくる。畳の上でその包みを展げ、点数を二人で確認している。私は棚の上の享保雛とおぼしき古雛に眼がいったが、女雛の装束の肩のあたりがあまりにも傷んでいて、手にとるまではいかなかった。それより風呂敷より出して積み上げられた荷物の方に心が動いた。

「それは何なのですか」

「庄内刺子の絆天ですよ。畑で着ていたのもあるが、浜に出る人などが冬、風よけに着たもんです。いまじゃこんなもの誰も着なくなってしまったけれどさ」

主人はその一枚を衣紋掛に掛けて、入口から見える正面の板羽目の壁面に吊した。

「さわってもいいですか」

「どうぞ、どうぞ」

「これって売られるんですか。もう買い手はついてるんですか」

「うちは店だから売るわけだけども、まだ客はついてませんよ。さっきの人があるだけ集めて持ってきた、そのところにお客さんがいなすったって訳だから」

「たとえばこれはいくらですか。私がコートとしても着られるくらい厚くて大きいこれは」

「いまから値段を考えて付けていくとこよ。大小あるけど、まあ似たりよったりだなあ」

駒場の日本民芸館の収蔵品にしてもよさそうなものが何点もある。鉄紺色の藍染の木綿の布に合わせて、同色の木綿糸でていねいにすみからすみまで刺してある。肩の部分には裂織の藍布が補強のために当ててあったりするが、そのバランスが実にいい。美しい手仕事の立派な労働着である。中には袖無しというちゃんちゃんこふうの仕立てのものもあった。衿の部分には、縞や格子の木綿がパッチワークのように柄合わせして掛けてある。ほれぼれする。

結局、私は刺子の具合やデザインの感覚がいいものから順に何枚も売ってもらうことができた。カードなどない時代で、現金書留が店に届いたら、一括して送ってくれるように頼んで店を出たのである。そのとき、私は上品な老女がひとり角巻をまとって、やや前のめりに道をゆくそのうしろ姿を認めた。

半月ほど後、鶴岡から届いたりんご箱を開けると、木綿の大風呂敷に包まれた刺子絆天が続々とあらわれた。箱は二つで、「これは差し上げます」とコクヨの便せんに走り書きの手紙が安全ピンで止めてある。縁にフリンジの付いた黒羅紗の角巻は、羅馬にも巴里にも売っていない黒マントだった。

角巻の何か曳きずるをんなかな　杏子

ショール　三冬（肩掛　ストール）

肩掛の端をふりゐて訣れとす　加倉井秋を

十二月のある日を境に、ショール、肩掛という文字を見ただけで、情けなくなってしまう身の上になってしまった。

あのショールは、私の持っていたものの中でももっとも大切にしていたものの一つだった。大きくて、軽くて、暖かくて。カシミアのバラ色の無地。十年ほど前、盛岡市材木町の賢治ゆかりの光原社で購めた。いわゆるホームスパン。最初見かけたときは、なんだか色がきれいすぎるような気がした。北ホテルの一階にも光原社がある。どちらのお店にも同じものが飾ってあったが、よく見ると、本店のもののほうがすこし落ちついた色をしていることに気づき、本店で買った。

買ってからしばらくの間、ほとんど使ったことがなかった。五十代になって、派手なもの、赤い色のものに心が添うようになった。この七、八年、実によく使った。いつも「きれいな色ですね」「立派なショールですね」「暖かそうですね」と賞められたり、羨ましがられていた。

吟行にもよく持って出かけた。これを一枚持っていると、多少薄着でも大丈夫だった。平織りではなく、綾織りというのであろう。目立たないが斜めに織り目がきれいに揃っていた。

長さ二メートル巾一メートルはゆうにある大判であったが、しわにはならないし、たためばふわりと小さくなって、旅行かばんの隅に詰めこんでも、手提げの大きなケースの荷物の上にふんわり載せておいてもよかった。

いくら賞めても始まらない。私はそのショールを不覚にも電車の座席に置き忘れてしまったようなのだ。つまり、失くしてしまった。あまつさえ、その紛失の時と場所の記憶がさだかではないという情けない状況に陥っているのだった。

その日は土曜日。東京女子大白塔会の納句座に出かけた。実によく晴れていて、十時半すぎに私は、市川駅のホームで本を読みながらベンチに腰かけていた。中野行の総武中央線が来て乗った。空いていてすぐ腰かけた。私は小沢昭一さんの『私の浅草案内』という写真文庫に熱中していた。

大学は西荻窪にある。中野止まりの電車を降り、アナウンスに従って三鷹行きの来るホームに移動した。その電車も空いていてすわった。気がつくと西荻窪駅。あわててとび降りる。その日に限って、私はなぜかショルダーバッグのほかに、小ぶりの手提袋しか持っていなかった。家を出るときは肩から垂らしていたのに、ガラ空きの中央線は温室のように暖かい。ショールは当然たたんでかたわらに置いてあったはずだ。

私はある通信社から依頼を受けた新春随想の構想を考えながら、小沢さんの本をじっくり読んでいた。向島の百花園は私の定点観測の吟行地。この十五年ほど、園内の御成座敷を借りて毎月一度句会をしている。ともかく草木のたたずまいはひと月でがらりと一変する。その変化を眼と心に畳みこむだけでも飽きない。

新春原稿には文政のころ、ここ向島百花園に集まった文人、風流の士たちが始めた七福神詣のことなどを書きたいと考えていたので、関連資料として小沢さんの本なども持って出たのだった。

句会は72年館という同窓会館で開かれる。キャンパスの中を吟行してみようと、なかなかこないバスをあきらめて、タクシーに乗った。シートにすわって、行き先を運転手さんに伝えたとき、やっとわれに帰った。

手さげは持っているが、ビッグショールがない。中野止まりの車輌に忘れたのか、いまとび降りた三鷹行のシートに置き忘れたのか、考えようとしても記憶が戻らない。いつも大きな紙袋などを持っているから、その中に投げこんであるのだが、今日の手さげは小さくてとてもあのショールは入らない。記憶を喪失するということはこういうことかなどとどうにもならないことを考えているうちに72年館に着いてしまう。

早く出かけてきたので、幸いまだだれもいない。文芸手帳でJR旅行センター東京駅をさがし、電話をしたがつながらない。JR東日本テレホンセンターにかけると、事情を聞いてくれて、中野駅、三鷹駅、東京駅、そして市川駅の電話番号を教えてくれる。中野駅にも三鷹にも届いていないという。私は電話をかけながら、自分の記憶がはっきりしないことをあらためて知らされた。

あのホームスパンのばら色の大判ショールを拾った人がいい人であって、大切に生かして使ってくれるなら、それでいいとも思いはじめていた。

それにしても私は感動してしまった。JR各駅の担当者の方々が、多くはまだ若い男性のようであったが、まことに親切、ていねい。その応対ぶりはもったいないほどテキパキと親身になってくれるということを知った。そのことで私はショールを失くしたことの情けなさから立ち直る力を与えられた。JR、もと国鉄の職員の方々の人間的な対応に、電話を通して触れ得たことで元気になり、私は何事もなかったような顔をして句座に着いた。

山口青邨先生亡きあと、この句会、東京女子大白塔会の指導を私が担当するようになってかなりの歳月が流れている。先生は昭和六十三年十二月十五日に九十六歳で大往生を遂げられた。来年は先生の生誕百十年。先生のふるさと盛岡で買ったホームスパンのショールを、年ごとに旅に出かける日が多くなっている私が十年あまりも失くさずに愛用できたそのことに感謝すべきではないか。それも白塔会に向かう途中、先生の祥月命日の前日に中央線の中に置き忘れたのだ。きっとすてきな人が手にして、あまりの手ざわりのよさにうっとりとして届け出るのも忘れ、自宅に持ち帰ってくれたとしたら、織り手の人も喜ぶかもしれない。

とかなんとか自分に言いきかせた上で、あなたも老化が進んでいるのだから気をつけよと、天上の先生がおっしゃっておられる。その戒めと受けとめることにした。

身にまとふ黒きショールも古りにけり　杉田久女
黒きこと大きことと母の肩掛は　山口波津女
黒き肩掛年経し指環ゆるやかに　中村草田男
看護婦となりたる頃の黒ショール　藤井正幸

肩掛におとがひ埋めて立てる好し　久保田万太郎

ここに詠まれた黒ショールというものは、おそらくベルベットなどの素材のもの、和服の肩にすべるように掛かっていたものであろう。

話は変わるが、私も黒の無地のショールを買ったことがある。俳人協会のメンバーでヨーロッパに出かけた。フォーブル・サント・ノーレでエルメスに入った。値段もさることながら、バッグもベルトも私は欲しくない。なにかと店内を見まわしているうちに、カシミアの大きなショールが目についた。一生使えると思って買った。これまで一度も使っていない。来年からは使うことにしよう。

黒くおほきなショールを巴里に買ひしのみ　杏子

着ぶくれ　三冬

着ぶくれのおろかなる影曳くを恥づ　久保田万太郎

この句を若いときに見ている。そのときは「ああなるほど」と思っただけであった。五十歳くらいのときは、いつか自分が六十になり、老人という世界の住人になってゆくのだということを頭では理解できても、実感はすこしも湧かないのである。この句には前書が附されている。「ことし、おのれ、還暦とす」と。

着ぶくれて痒き背小柄もて掻きぬ　金子伊昔紅

これは金子兜太先生の父上の句。お医者様で、秩父音頭の再興、普及につくされた方。

着ぶくれしわが生涯に到り着く　後藤夜半
着ぶくれて寄れば机の拒みもす　皆吉爽雨

心まで着ぶくれをるが厭はるる　相生垣瓜人

夜半、爽雨、瓜人みな俳諧の大先達、人生の達人の作品である。この三句、いずれも、ある年齢を重ねて、つまり老いた者としての哀しみを、着ぶくれという季語にことよせて詠っているのである。自分自身六十を超えて、はじめて、しみじみと味わえる句境でもある。そして、着ぶくれしわが生涯に到り着く。なんてうまい言い方なのだろうと感銘をあらたにする。若い俳人にはとても詠めない句だし、ともかく、一行でその人生観が言い尽くされている。句の姿がいいし、品格がある。老年の艶といった風姿が示されている。

机の拒みもす。爽雨という人らしい句だ。ユーモアとペーソスなどといえば、いかにもありきたりになるが、毎日早朝から机に向かい、死の寸前まで選句作業に打ちこんでおられたときく、あの端然とした風貌の彷彿とする句である。

瓜人大人の句、心まで着ぶくれをると言われて、ドキッとする。外形的なことよりもなお恐いと思わせる着ぶくれの季語のあっせんである。

着ぶくれて籤運恃むこともなし　石塚友二
着ぶくれて手玉に取られゐたりけり　鈴木鬼涙
着ぶくれて憎まれ口はつつしまむ　富安風生

こうなると、なかなか愉しい。面白い着ぶくれ俳句の世界になってくる。

若いとき、いつも人に驚かれるほどの私は薄着派だった。頭のてっぺんから足のつま先まで、血のめぐりがよかったのか、真冬でも素足で平気でいたり、手袋など要りませんとはりきっていた。

二十年前から、大塚末子デザインのもんぺスタイルに全面切りかえをしたが、アンダーウェアは三宅一生の服を着ていたころとまったく同じようにしていて、履き物も冬はブーツとか編み上げ靴、夏は布や草などをふくめた素材のサンダルふうのものが多かったから、洋服を着ている人たちとなんら変わるところはなかったのだが、ともかく薄着でいた。

着ぶくれという季語は、雪国に旅をするとき、また流氷などを見に、はるばるオホーツク沿岸の岬や滝を巡るときなどの日々に、すこし体験しただけであった。

それがである。ある日突然重ね着ということをしようと思い立ち、いろいろ工夫して身につけてみると、断然快適であることに気づく。足の先が冷えてくる。夜中にこむら返りを起こして、悲鳴とともに目覚める。こういう現象にはしかるべき重ね着が有効だ。

六十三歳の現在も幸い、電気毛布などというものの世話になる必要はまったく感じないのだが、膝から下が冷える。肩が冷えるということで、秋の半ばごろからしっかりとその対策をするようになった。実行してみれば実に簡単なことで、膝までの靴下を履くとか、姑の手編みの毛糸のベストを寝巻の上に羽織るとか、そんなことで、足ももうつらないし、肩も冷えない。

ついでにいえば、昔から私は頭痛・肩こりということからは文字どおり自由で、井上ひさしさんの名作劇で愉しんだ、樋口一葉女史のあの苦しみを知らない。こんなことでは申し訳ないと思うほどに不眠症とも全く無縁である。

口の悪い男性の句友連中がくり返し言う。

「頭痛も肩こりも不眠も知らない熟年の女流俳人っているんだよね。信じられないよ。オレなんか、いつもカミさんの肩揉んでんのにサ」

おあいにくさま。そのぶん私は辛い選句と酷評でお兄様がたの肩のこりをもほぐして差し上げておりますのよ、とは口に出しては言わない。

さて、また着ぶくれの句に戻る。


人待つごと人厭ふごと着膨れぬ　　石田波郷

波郷という人を悪く言う俳人に、私は会ったことがない。銀座「卯波」の女将であった鈴木真砂女さんに、私は俳句作者として世の中に引っぱり出された日から、ずっと親しくしていただき、励ましていただいてきた。真砂女先生は生涯の恩人である。その人がいつもおっしゃる。

「波郷さんてすてきな人だった。黙ってらっしゃるけど、なんでもお見通し。俳句はそりゃ天才だけど、筆の字がよかったでしょ、私いっぱい色紙いただいてるのよ。どんどん下さるのよ。波郷さんがいまいらしたらねえ。俳壇を一本にまとめられたでしょうね。人望がすごいんだから。私のカレと同年なのよ。だからまだまだご活躍のはずよ。私より七歳も年下よ。残念だわァ」

この句、中七の「人厭ふごと」がキーワードである。だれからも好かれた人の本心か。

着膨れて金貯めて慾尽きざるや　相馬遷子

水原秋櫻子門。信濃の人。医師であった遷子俳句を私はいくつも愛唱している。着ぶくれの歳時記の項に、この句を発見して「ああ」と思った。相馬遷子という作家に、いっそう親愛の情を抱いた。人間の心の底のかたちを容赦なく見つめておられる句である。

人生経験の浅くとぼしい私にも、着ぶくれの一句がある。新宿西口で作った。五十代はじめごろの作品だ。

着ぶくれてよその子どもにぶつかりぬ　杏子

外套　三冬（オーバー・オーバーコート）

外套の裏は緋なりき明治の雪　　山口青邨

東京女子大に入学して、課外活動のサークルのポスターの中に、「白塔会」の文字があった。俳句研究会と書かれていて、近づいてよく眺めると、山口青邨先生ご指導とある。

さっそく母に手紙で知らせた。母は短歌も作っていたが、沢木欣一・細見綾子先生の「風」に参加していた。母の影響で私も俳句を作るようになった。中学生のころから、句会や吟行というものになじんだのも、五人きょうだいの中で、まん中の私が、母と行動を共にするのに、年廻りがちょうどよかったのだと思う。

山口青邨という俳人の名前は知っていた。たしか、文章なども一篇か二篇は読んでいた。教科書に載っていたのだと思う。

私は近況報告の一部として、そのポスターとの出会いを知らせたのだが、折り返し母から封書が届いた。速達である。ともかく、その俳句研究会にすぐ入会して、青邨先生の直接のご指導を受けてほしい。他のどんなクラブに加わるのも自由。しかし、これはお母さんからのお願いですから、白塔会には必ず参加してくださいと書かれてある。

東京女子大に進学することを望んだのも母であった。私は国立の共学の大学にゆき、文学か美学を専攻して、出版社に就職するという夢をひそかに抱いていたが、母は東京女子大をしきりにすすめた。お母さんのお願いという一行が私を白塔会に向かわせた。

母は明治四十年生まれの未歳。私は昭和十三年生まれの寅歳。十八歳の大学新入生に、なんとしても青邨先生の謦咳に接するようにと、母親の特権をもって指令を出した女性は四十九歳であった。

五月のある日、その教室をのぞいた。端正な背広姿の講師の前に、学生はなんと数人しかいない。先生が入り口のほうをごらんになったそのとき、私は友人とその戸口に立っていた。「どうぞ」と言われて、逃げ帰るわけにもいかない。四、五人の学生の後方の机にそっとすわる。先生は講義を再開された。

「俳句の基本は観察、オブザベーション……」

私はとび上がらんばかりに驚いた。田舎の句会では英語が出てくることなどあり得なかった。こういうふうに俳句という文芸の本質が明快に語られることもなかった。先生の机の前にはすでに切り短冊が集められており、学生たちの出句に先生は眼を通しておられた上でのお話のようであった。

「俳句がおありですか。一句でもいいですよ。書いてお出しなさい」

私はすでに作って胸の中にしまってあった句を二句、そして大胆にも、その二階の教室の窓辺にさやぐ新樹の葉のそよぎを即吟で嘱目句として一句、あわせて三句を短冊に書いて提出した。

しばらく続いた講義のあと、先生が学生の俳句について選句と講評をされることになった。このころになると、不思議なもので、私はその句座にすっかりなじんでしまい、先生がどんな評価をされるのか、その言葉をわくわくと待ち受けているのだった。

その日、私は俳人になろうと決心した。正確には俳句作家になろうと。

私のひそかに自信作として提出した二句は一顧だにされなかったが、鈴懸の新樹の葉のざわめきと新入生の私の心のざわめきを重ねて読んだ即吟は、字余りが添削され、原句よりも私の表現したかった内容そのものに変容して、先生に読みあげられた。その一句をきちんといまここに書けないことは残念であるが、私の出発の一句となった事実は忘れられない。

先生の添削によって、魔法のように自分の眼と心の度数がグンと上がり、ぼんやりと見えていたこの世の景が、ゆがみやピンボケから解放されて、これ以上でも以下でもないクリアな世界として作者である私の前に顕ち上ってきたのである。先生はおっしゃった。「これからも、よく物を見て、いろいろと句を詠んでゆくことですね」

私はこの日、山口青邨という俳人に帰依した。そして、明治の雪と詠みあげた外套の句の作者である俳人の知性を誇りに思った。

外套の釦手ぐさにただならぬ世　中村草田男
外套重く触るること憂き手紙あり　加藤楸邨
オーバーぬぎたちまちほかのことおもふ　桂信子
外套に胸ボタン無し母無からん　成田千空

吾子の四肢しかと外套のわれにからむ　沢木欣一

外套重し何起るとも驚かず　津田清子

兵たりし父外套を残しけり　榎本好宏

いま、私はオーバーを何着も所持している。外套という文字がふさわしいのは三点で、ひとつは英国アカスキュ！タム社の黒のロングマント、もうひとつはこげ茶のイタリア製のビッグなもの。そして三つめは大塚末子デザインのインバネスふうの濃紺のカシミアの和服にも着用できるものである。このほかにも三宅一生デザインの、これぞ一枚の布という不思議な造形の、しかし実に身にまといやすいものを、ウール＋ポリエステル素材のやや厚手、さらに羽衣のように軽い紫紺のカシミア百パーセントの薄手のものと、デザインはまったく同じで、色と素材だけの違うものを二着持っている。

昭和六十三年に満齢九十六の大往生を青邨先生は遂げられた。先生が盛岡の生まれであったため、岩手をはじめ、みちのくの各県には私もよく出かけた。芭蕉の「おくのほそ道」二千四百キロの行程も雑誌の取材でくまなく辿ったりしている。

平成に入って、私の旅は関東以西に傾きはじめた。西国三十三観音巡礼をはじめ、中国、九州方面への旅がふえ、四国八十八ヶ所を巡る遍路吟行もはじめている。年々の暖冬化と暖かな地方への吟遊では、真冬でも外套とかオーバーはあまり必要なくなりつつある。シンプルなマントとか、ビッグショールがあればそれで済む冬の日がふえてきている。

外套という言葉がだんだん遠ざかってゆく気がするが、私はいかにも明治生まれの、ベルリンにも留学された科学者俳人である先生の外套姿を、一度だけうらめしく思い、反発し、憎んだ日がある。

先生は白塔会を大切にされ、ただの一度もお休みをされなかった。

樺美智子さんが国会近くのデモの隊列の中で命を落としてゆく半年ほど前、私たちも全学ストを決議して、連日キャンパス前庭に集結していた。こんな情勢である。まさか先生も今日は句会にお見えになるまいと思いつつ、ふと眺めると、チャコールグレーの厚地のオーバーを召された先生が足早に校門から進んでこられる。弾にはじかれたように芝生から立ち上がった私は「ごめん、句会なの」と半泣きの表情で走り出す。先生より一分でも早く教室にかけこむのだ。句座の準備をととのえながら、私はデモに行けない口惜し涙をセーターの袖で拭った。

生涯の女書生のインバネス　杏子

布団　三冬（蒲団・掛布団・敷布団・羽布団・綿布団・布団干す）

どの家もみな仕合わせや干布団　鈴木花簑

日に当ててふくらんだ布団につつまれて眠るよろこびは、なにものにもかえがたい。近ごろは高層のアパートなどが増え、太陽光線の恵みを直接布団にはもらえない暮らしも多くなった。

寒さうに母の寝たまふ蒲団かな　正岡子規

我が骨のゆるぶ音する蒲団かな　松瀬青々

ぽつくりと蒲団に入りて寝たりけり　臼田亜浪

布団というものにくるまっているそれぞれの人の表情、人生、こころのたたずまいがよく表現されている句である。

死に神を蹴る力無き蒲団かな　高浜虚子

つめたかりし蒲団に死にもせざりけり　村上鬼城
故人かくて逝きしと想ふ蒲団かな　小沢碧童

布団と生死。布団を介して語られる人間の存在が三人三様の角度から詠まれている。いずれも、ますらおぶりの句の味わいで好ましい。

これらの作品が生まれたころ、俳句という場はほとんど男性によって占められていた。私が大学生のころ、昭和三十年代のなかごろであったが、俳句作者の圧倒的多数は男性であった。そしてわたしたちは何度もかんで含めるように言われた。女性は短歌に向いている。俳句は男性の詩型だ。自己を客観視して、言葉を切りつめてゆかねばならない。決断力がないと、一句の表現の単純化、省略は不可能である。それ故に、もしも女性で句作をめざす者は、このような困難を十分承知の上でとり組まねばならないと。

分かりましたと、忠告を深く頷きつつ承っていたが、心の底で、それは性差ではなく、個体差ですよと反論したりもしていた。そんな昔話はさておき、私はここに並ぶいかにも男性的な句に魅かれる。どこの俳句結社も女性会員が多数を占め、男性の会員は一様に少ないという現在の状況の中で、その思いはいっそう強まる。

嵐雪とふとん引合ふ侘寝かな　与謝蕪村
ふとんきるや翌のわらじを枕元　小林一茶

こんな句を読むと、蕪村も一茶も幼なじみのように親しく懐しく思えてくる。

ところで、布団皮のことである。皮の中につめるものは綿や羽毛で、以前は布団屋さんに綿を打ち返してもらい、届けられたその綿を自宅の座敷で皮につめる作業をした。母や祖母はこのとき髪に手ぬぐいを被り、手伝う姉や私、妹たちもスカーフなどで髪を包んだ。綿ぼこりが髪につくとあとが大変なのである。

障子越しの冬日の中で、四隅までたっぷりきれいに綿が入るのは気持ちがよい。ふっくら仕上がった布団をたたんで部屋の隅に重ね、お急須の茶殻をしぼって畳に撒き、ほこりを吸わせながらていねいに掃き寄せる。その前に障子の桟にははたきをかけ、終わると、廊下を雑巾で拭きあげる。布団づくりの作業に関わった女性たちだけで、お茶の時間とする。干柿とか乾燥芋に渋茶。なんだか急に大人になったような気がして、世間話に耳を傾ける。敷布団と掛布団があるが、栃木県では足利銘仙などがよく掛布団に使われた。

銘仙の柄は縁がぼーっとしているほぐしという織り方のもので、紫、紫紺、えび茶、黄緑などの地に矢羽根柄なども多かった。

冬は掻巻きも使った。縕袍のようなもので、横たえた身体の上にかける。袖を通せば綿入なので、肩が冷えない。布団にも掻巻にも天鵞絨や別珍の衿あてが付いていた。子どもの掻巻は木綿であったが、大人のそれは絹地のもあったように思う。しかし、すべてみな回想の夜具となってゆく。

蒲団着て先づ在り在りと在る手足　三橋敏雄

ふとん抱き戦禍に逐はれゆくものら　長谷川素逝

十年ほど昔のこと、会社の前からタクシーに乗った。私はいつものもんぺで、その日は弓浜絣の古布で仕立てた上衣に、無地の藍木綿のズボンを合わせていた。

「お客さん、いいもの着てますね。それ昔の絣でしょ。いいなあ、木綿の古い絣を着て、東京の広告会社で働くなんて格好いいじゃないですか。羨ましいなあ」

といいながら、若い運転手さんが涙声になった。

「お客さん、聞いて下さいよ。結婚すると知らせたら、岡山の山の中で暮らしているお袋が、おばあちゃんと一緒に仕立てたからと、昔から家にあった古い木綿の縞や絣、全部手織りですよ。それをきれいに洗い張りして接ぎ合わせて、布団に仕立てて送ってくれたんですよ。わたしはよろこんで懐かしくて使おうとしたら、ヨメさんが怒りだして、こんな古くて汚いもの、バイキンだらけじゃないのって、仕事で留守中に大ゴミとして全部、そっくり捨てちゃったんです。新婚なのに、こんな暗い色の布団、見たくもない、さわりたくもないと気味悪がって騒いで」

なんだか私も泣きたくなってしまった。奥さんの言い分も分かる。日本の昔の手仕事の布。手紡ぎ、手染、手織の藍木綿がどんなに美しいものか、貴重なものか。いくら言っても、それを汚いと思う人にはゴミなのである。

羽根布団を覆っている化学繊維のぴかぴかと輝くシルキーな手ざわり。ピンクや淡いブルーのパステルカラーのトーンが好きだという人に、洗いざらしの刺子で、継いだり補強したりした古布の木綿は価値がない。いまはなんでもお金で買える時代、好きなものを手に入れて、飽きればゴミとして捨てる。夫の母親や祖母、親戚の女性たちの丹精こめた贈り物、お金では買えない真心と手仕事の布地や作品など見向きもしない。

運転手に泣かれたショックから立ち直るべく、その晩、私は京都のオークションハウス「古裂會」と、鎌倉の骨董店で手に入れてあった明治初年ごろの縞帳をとり出して、ゆっくりとページを繰りつつ気を鎮めていった。こんなにも多様な美しい色と柄がこの国で作られていて、ごくふつうの市民がこの見事な縞を身に着けていたのだ。

木綿の野良着や子どもの着物は、ほどいて、洗い張りして、弱った部分には同類の布を当てて、糸で刺して補強、敷布団にも座布団にもなった。木綿の手織りの布は着物となり、夜具となり、赤子の襁褓となり、雑巾となり、「木綿往生」の言葉どおり最後には土に還ってゆく。人の暮らしのあらゆる場面で用いられてきた手織木綿は、歴戦の勇士、黙々と最後までその命を全うしてゆく。

ぼろ市の裏側の日に布団干す　杏子

真綿　三冬（綿・綿入・負真綿）

はゝはその背にかけ給ふ真綿かな　　藤井巴潮

真綿、この言葉を聴いて、いろいろと懐しさが湧き上ってくる私は、かなりの年齢ということになる。

綿はみな知っていても、真綿となると、よく分からないという人が多いのは当然である。布団や綿入に入れる防寒用の綿はよく知られているが、ほとんどが木綿わたである。綿入というものにもいろいろある。

小袖と布子の違いはあまり知られていない。「子」のつく衣服は中入れを意味し、綿布の綿入を「布子」、真綿の入ったものを「綿子」と言い、袷綿入の絹物を「小袖」というのである。

現代でもよく活用されるものに、「ちゃんちゃんこ」「どてら」「ねんねこ」などがあるが、これらもみな広い意味の綿入である。

私は冬、自宅では綿入を愛用しているので、ずいぶん古めかしい衣生活をしている人間ということになるのかも知れない。

私は炬燵で本を読んだり、原稿を書いたりすることが多い。当然切炬燵であって、畳の間にある。この掘炬燵に入ってしまうと、立つのがめんどうになるという難点はあるが、室温を上げる暖房器具はここには置かないので、モーター音もなく静かに集中できるのがいい。そんなときに綿入を羽織る。その綿入もいろいろある。

雪国の俳人、岩手湯田町の木地師の奥さん、小林輝子さんが下さったのは、絹地のなかなか風雅な柄ゆきの黒地の平織に松の枝がぼかしのように織り出されたもの。

もうひとつは、秋田県田沢湖高原スキー場前で、ヒュッテ「旅人木」を守る浅利確子さんが友人に仕立ててもらったと言って送ってきてくれたもので、綿つむぎ茜色の無地。

もうひとつは不思議な出合いで授かったちよっと薄手のもの。これは友人に連れられてある居酒屋に行った晩、そこのお女将さんが突如下さったものである。男性二人はときどきその店に行っていたとはいえ、女客の私は全くはじめて彼等に蹤いて行ったのである。

神楽坂の路地を入ったところにあるその店のカウンターに坐って、品書を眺めていて、顔を上げたら、「あら、あなたに上げたいものがある。ちょっと待ってて」と裏口の方に行った。大きな紙の手さげ袋の中にビニールで包まれたものがはみ出しそうに詰めてある。灰紫の地にこまかい柄が点描風に白抜きになっている。

「これは母の着物だったの。綿入にしてくれた人がいるんだけど、私は着ないのよ。着ないで蔵ったままになっているのはよくないと思っていたけれど、どうしようもないわけ。あなたなら着て下さるわよね。ぜひ着て下さい。まあ、ちょっと着てみて頂けます」

他に客がいなかったのを幸い、その人は私の後に廻って、その綿入を着せかけた。その日、私が着ていたのは明るいブルーのこまかな立縞の紬、大塚先生が知人の若手作家から買われた作品を譲って頂いて仕立てた上下で、紬といっても長らく着こんできたので、絹地のしなやかさが出て着やすいものだった。

「これはモスリン、懐しいでしょ、あらぴったりですよ。ぜひ貰って頂きたいわ」

ということで我家にやってきた代物である。どういう訳か、大きさも私にぴったりで、軽いし、実に着やすい。綿の量が少ないので身動きに支障がない。

制服にしのばせてやる真綿かな　富岡砧女

斯くするがいまのわが身ぞ負真綿　星野立子

ひとかげりするたび真綿売れてゆく　吉岡翠生

真綿の背時の歩みもなくなりぬ　加藤楸邨

負真綿落して歩く我は老　高浜虚子

現在のように使いすての懐炉などなかった時代、大人たちは負真綿というものをしてきびしい寒さから身を守った。子供でも白い真綿を首などに巻いている姿はよく見かけた。

綿と真綿のちがい。真綿は繭からとる。つまり、綿は植物で、真綿は動物性の繊維、絹綿とも呼ばれるのはそのためだ。

虚子の句もこうして眺めてみると面白い。防寒のために身に帯びたはずの真綿が歩いているうちに落ちてしまった。畳の上などに落としたまま、しばらく気づかずにいたと。

落して歩く我は老、ここが凄い表現。現在ほど、長寿者の多くはなかった昭和三十四年に虚子は亡くなった。自分というもののありようを冷静に過不足なく見とどけている。しかもその一行になんとも言えない味わい、ペーソスがある。我は老と言切って、実に堂々としているばかりでなく尊厳が感じられるのだ。

つい、最近のこと。上海・蘇州・杭州をめぐる旅をした。建国五十周年の江南をめぐって、旬の蟹を頂き、西湖を船でめぐって時雨を聴き、さらに国立の蘇州大学の日本語科の学生を前に現代俳句の講義を二回にわたって担当するという体験にも恵まれた。短いながらも充実した旅の終りに、上海空港に向う途中、蘇州の絹製品を一堂に集め、展示販売する館「天厚綢荘」に立寄る。近代的なビルディングのその一階の一室に真綿工場。若い女性たちが繭から竹枠に張り拡げるようにして真綿を紡いでいる場面に出合った。まさに季語の現場。

ひとつの繭の中に蚕が二つ宿ってしまったものは絹糸を紡ぐには適さない。そういう繭は集められて煮て真綿を引いてゆく。綿あめのように真綿はたて、よこに引っぱれば引っぱるほど拡がってゆく。

別のコーナーでは真綿を布団に詰めるために四人の女性たちが四方から真綿を引き伸ばし合いつつ何枚も重ねてゆく。適当な厚みになると、純白の絹の布袋に納めて真綿布団が出来上る。羽根ぶとんよりも衛生的、ダニ、や害虫虫などが発生することもない。水分は吸収するが、発散する能力も高い。何より軽くてあたたかい。アトピーの子供たちは真綿布団にくるまって寝ているうちに、症状が消える。などよいことづくめ。中国でも良質の絹の産地として知られる蘇州では、いま真綿の生産に力を入れているという。押してたたんで専用のケースに納めてしまえば重くはない。しかし、かさばることは事実で、買って帰りたくとも、もう荷物が増やせない。未練を残して真綿の工場と売場を離れた。

新真綿ひかり引き合ふごとく引く　杏子

炬燵　三冬

風狂を募らす雨と炬燵かな　金子兜太

私は炬燵派である。それも切炬燵でないと落ちつかない。ある友人、男性であるが、と電話で話していて、たまたま話題が炬燵に及んだ。彼は歳時記の編纂にたずさわっているので、常に例句を探索している。

「金子さんのこの句はいいと思うけど、あなたはどう思われる」というような会話になって、「私は炬燵がいちばん落着く。本を読むのも、何か書くのも」と言ったとき、びっくりしたような声が返ってきて、こちらが驚いてしまった。「いまごろ、炬燵で暖をとる人がいるとは。まさかあなたが。本当なの」と本当に驚いている様子。

勿論、わが家の掘炬燵も火力は電気である。一間だけである八帳の畳の間に半間四方の炉を切って、そこに特注で作ってもらった櫓を立てる。たっぷりとした四角の炬燵布団をその上にのせて四方に垂らし、その上に欅の天板を載せる。これで暖かい卓つまり机が出来上る。この日からこの90センチ四方の世界が私の工房となる。

句を玉と暖めてをる炬燵かな　高浜虚子
乗りて来し馬を火燵に見つつをる　河東碧梧桐
大空の風きゝすます炬燵かな　渡辺水巴

碧梧桐の句は面白い。私は子供の頃、馬が何頭も土間に飼われている父の生家で暮らしたことがあり、いまの暮らしでいえば、自家用車のように、馬に乗って用事を足しに出かけたり、患者の家に往診にゆく父の姿を眺めて育ったからかも知れないが、この句のシチュエーションがまざまざとイメージ出来る。火燵と書かれているところも面白い。

ところで炬燵布団である。布団の皮のテキスタイルをこれほど愉しめるものも少ない。手織の藍木綿の古布を縞とか絣とかの風合がよくて、柄の面白いものをパッチワークのように接ぎ合わせてみるのもいいし、思い切り派手な、牡丹色やむらさきの地に、菊花や紅葉、御所車、花筏などの染められた、昔の少女たちが着ていた着物をおもい出すようなものもよい。

炬燵布団はどんなに派手でもいいし、その布団の上に好きな布地を掛ければさらに組合せが愉しめる。勿論、そのクロスは炬燵布団よりは小さなサイズで、上掛けのクロスの裾から布団の色や柄がよく見えることが大切。布団はたたんでもかさばるので、そう何枚もストックは出来ない。しかし、その上に掛ける布は薄いし、たたんでしまえばどこにでも収納できる。いろいろと揃えておいて、その日の気分に合わせて起用すれば、炬燵生活の愉しみは尽きない。

布地は好きでも、私自身は全くといっていいほど針仕事はしない。ミシンなど買おうと考えたこともない。布を選び、着たり、使ったりすることにはどれだけでも時間をかけるのだが、縫うこと、作ることは専門家か、得意な友人にすべてお任せである。ついでに布団に掛けたカバーの布地の残布でランチョンマットを作ってもらったりもする。

原稿を書いたり、調べものをしていて、一息いれるとき、そんなランチョンマットの上にティーカップを置いて、ミルクティーを喫んだり、中国で求めた龍井茶を愉しんだりする。また、ときにはお薄を頂くこともある。お菓子の代りに、干柿とか栗の渋皮煮、いちじくの甘露煮などをその時の気分で選ぶ。茶碗とお菓子代りの果物をのせることを考えてマットを選ぶ。結局、何だかんだと、仕事を中断しては、布に手を触れて遊んでいることが多い。

炬燵居に大往生の例もあり　富安風生

横顔を炬燵にのせて日本の母　中村草田男

掻きたてる炬燵の火の香顔をうつ　篠原梵

炬燵の火が炭火であった頃、煉炭であった頃、それぞれのときを私も覚えている。炭が消えてしまった炬燵のわびしさや、かんかんと熾った炭火に灰をかぶせて火力を調節したことや、炭火の匂いなどをありありとおもい出す。

隠栖の松荒れてよし置炬燵　石橋秀野

炬燵をあつく一日声を使はぬ日　清水径子

このふたりの作者の心持はとてもよく分かる。生意気のようだが深く共鳴する。私にとって、自宅の切炬燵は仕事場であり、腰を落着けて坐っている座布団のまわりは歳時記や辞書や参考文献、資料の山で、とても人を招いたり出来る空間ではない。

炬燵の間母中心に父もあり　星野立子

嫂や炬燵に遠く子を膝に　富安風生

こういう句の世界、家族が炬燵の間に大勢打ち揃っているという場面は想うだに懐しい。いまでも正月などは親子、きょうだい、親類縁者が集うので、こういう光景は一般的かも知れない。しかし、都会、とくに高層住宅などに住む家族は炬燵は無縁という暮らしが一般的であると思う。

ところで、冒頭の句に戻って考えてみる。風狂という言葉が炬燵に生彩を加えている。しかも風狂を募らすである。雨と炬燵という二つの実体の並列も新鮮である。

この句、平成十三年春に刊行された兜太氏の第十三句集『東国抄』に収められている。

よく眠る夢の枯野が青むまで

鳥渡り月渡る谷人老いたり

などの句と共に

萍の下の鯰の微笑かな

ここまで生きて風呂場で春の蚊を摑む

といった作品が立ち上ってくる。

いのちの原点である秩父の山河、その「産土」の時空を、身心を込めて受けとめようと努めるようになり、この『東国抄』は、産土の自覚を包むようになった。——とにかく、わたしはまだ過程にあると「あとがき」に記す作者であるが、冒頭の句は炬燵という山国秩父ではごく日常的なキーワードを、この作者の長年にわたる俳句人生の歩みを経て、ついに日常の「われ」を大きくのり超え、作者自身の根っこにあるまぎれもない「われ」を表現する梃子としてまことに見事に使い切った作品だと思う。

ともかく、炬燵派の女書生をいたく鼓舞する一句であった。八十代の作家は自ら、まだ過程にある、と言い切る。なるほど、炬燵は次なる世界に打って出るための秘密基地でもあるのだ。

四百字詰原稿用紙切炬燵　杏子

竹馬　三冬（高足・鷺足）

塀に凭り竹馬の子に愁あり　　福田蓼汀

竹馬にのって歩き廻ったり、走り廻る子は元気な子である。しかし、数ある竹馬の例句の中で、この句にはとりわけ共感を覚える。その子の表情、たたずまいが見えてくるばかりでなく、竹馬にのったまま、塀にもたれているその子の心の内が手にとるように伝わってくる。俳句は面白い。俳句を作ったり、味ったりすることは、なんと嬉しいことかと、あらためてこの道に連なる幸せをかみしめる。と思うのも、小学校低学年の頃、私は竹馬に乗ることが得意で、いまでは考えられないほど、高い竹馬に乗って、家の囲りを歩き廻るばかりか、かなり遠くまで竹馬で出掛け、人の家の屋根に腰かけて休息したりしていた女の子であったからなのだ。

竹馬に乗って即ち使かな　　池内たけし
竹馬やうれしさ見える高あるき　　増田龍雨
竹馬の羽織かむってかけりけり　　原石鼎

竹馬の影近づきし障子かな　　松本たかし

竹馬の青きにほひを子等知れる　　中村草田男

こういう作家たちの例句を見てゆくと、いかにもいきいきとしていて、竹馬で遊んだ子供時代、少年時代の記憶が生涯身体に刻みこまれていることを知らされる。

石鼎の句、羽織かむってかけりけり。竹馬でもかなりのスピードで走れるのである。羽織を頭からかぶって前のめりに疾走するのはいかにも勇壮である。羽織というものを少年たちが冬、身に着けていた時代の情景だ。たかしの句、冬日のいっぱいに射している白障子に竹馬の子の影が近づく。縁側に腰かけて、干柿をもらったり、みかんをむいて小休止するのかも知れない。草田男の句、青きにほひ。まさに青竹を切ったその真冬のにおいである。この時代、龍雨の句にもあるように、うれしさ見ゆる少年たちは、普段に着物を着ていたはずだ。木綿の絣を着た少年たちの頬はまっ赤だ。着物の足元は足袋である。木綿の色足袋、別珍の足袋かも知れない。

男の子ばかりではない。実際に竹馬に乗らなかった女性たちも、同じ年頃の少年たちが熱中したその様子をしっかりと見とどけている。兄や弟が竹馬少年であったり、息子たちが竹馬で遊んだその情景は心にしっかりとファイルされている。

竹馬の子のおじぎしてころびけり　　星野立子

竹馬のめり込む砂地にて遊ぶ　　山口波津女

竹馬に土ほこほこと応へけり　山田みづえ

竹馬の闊歩行先なけれども　橋本美代子

昭和二十年、終戦の年に小学校に上った私たちは、着る物が不足していた。スウェーターは毛糸をほどいて、糸の弱った部分は切りすてて、大人のものから優先的に子供達のものへと編み返された。編みぐせのついた毛糸はほどくとき、火鉢の炭火にのせた薬缶の湯気の上を通過させる。シュンシュンと沸く湯気によって、ちぢんでいた毛糸がのびて完全とはいえないまでも、まっすぐに近い状態になる。ほどかれてゆく毛糸は両手を糸巻の代りにして輪にしてゆくのだけれど、子供でも役に立つことが出来る愉しい作業だった。

こうして古スウェーターをほどいて編み返したものを着た子供達は、北関東の空っ風に対抗するため、綿入の絆天を着る。その布地も不足しているので、大人や子供の着物をこわして仕立てることが多い。

従って、派手なちりめんの柄ゆきのものを着ている子も居れば、おじいさんの着ていた紬の地味なもの、また自分の家でおばあさんの織った木綿の縞のごわごわとしたもので仕立てたものを羽織っている子など、いま考えてみれば、実に変化に富んだ個性的なテキスタイルを身に付けていたのである。

綿入絆天の衿には天鵞絨か別珍の布があててある。新品の布地などどこにも売っていないしもともと、村には店などある筈もない。しかし、ときどき、どこからかやってきたおじいさんが、縁側にどっかと座って、大きな茶色の木綿の風呂敷包をひろげる。その中にぴっちりと畳まれた着物や、別珍の布などがあって、それを手に入れた大人たちがさっそく絆天に仕立ててくれる。

栃木県には足利という銘仙の産地があったので、そういう商人から手に入れた銘仙の着物をこわして仕立てたものを姉妹でおそろいで着ている子もいた。銘仙の柄はみなぼかしの織りで、子供の眼にも紫や臙脂色のその布地があでやかに思えたものである。

布地はともかく貴重品、着ているものが鍵裂にでもなれば、大事にとってあった残布や端切を生かして上手に繕う。母や叔母や祖母また近所のおばさんやお姉さん達のその手つき、段どり、その仕上げ方をじっと見つめていると、自分でも繕いものをしてみたくなる。足袋やズボンの穴なども当て布をして見事に膝ってゆくその仕事ぶりをほれぼれと眺めていた。

ところで、竹馬の句として広く世に知られているのは、やはり久保田万太郎の

竹馬やいろはにほへとちりぐ＼に

この一行であろう。浅草の三社さまにゆくと、境内にこの句碑がある。浅草に生れたこの作家の句はこれまで眺めてきたいくつかの句とずい分異う。万太郎の第一句集『道芝』に収められているこの句、さっきまで竹馬で遊んでいた子供たちが、日暮とともに一人去り二人去りちりぢりになってしまったというもの。中七のいろはにほへとは下五のちりぢりにを引出すために用いられている。というのが門下の安住敦先生の鑑賞にある。なるほどとうなづくと同時に、次の句も想い出す。

竹馬もなき世に老いぬ戦も経　森澄雄

学徒として戦地に赴かれた世代の人の句である。疎開して小学生時代を過した南那須の父の生家は真冬になると庭に乾いた藁を散きつめた。霜除のためであったろう。お転婆な少女が竹馬でそんな庭を歩く。万一ころんでも芳しい新藁の匂いに包まれるだけである。怪我など全くしなかったのだ。

ごく最近、なつかしい竹馬に乗って晴れやかにやってくる一団の映像に出合った。中国の写真家馮學敏氏の「遥かなる大地」という写真展で、北辺の地、長白山の麓の村の道をカラフルに着飾った若い男女の一団が長いスカートとズボンの裾から竹馬の脚を見せてにこやかにやってくる情景。道の両側には雪が残っているが、タイトルは〈竹馬祭〉となっていた。

往診の父竹馬で追い越しぬ　杏子

狐火　三冬

狐火を見しは子のとき六つのころ　　森澄雄

ある句会で狐火の句を出したところ、合評の時間になって、その句のよしあしではなく、狐火というものを見たことがあるという人、見たこともないし、想像しようにも出来ないと言い張る人、幻想的な季語だから、生涯に一句は納得のゆく句を詠んでみたいと希っているが、むつかしいという人など、いろいろと意見が出てにぎやかであった。

狐火という季語に親しみを抱いている人は、おおむね年輩の人、そしてどうも関東から以北に育った人が多い。山国に暮らした人でないとピンと来ないということのようだ。

幸い、私は昭和十三年の生まれ。北関東の山村で子供時代を過ごした。那須の山には九尾の狐の伝説で知られる殺生石もあるし、夜の闇は十二分にたっぷりと深く濃かった。

狐も狸も、熊も猪も棲んでいたし、貉も鼬も野兎も現れた。勿論蛇も屋敷にいたし、みみづくもふくろうもごく身近な森の中に棲んでいた。

囲炉裏というものがあって、夜となれば、大人たちはその囲りに集って、寝につくまでしゃべっている。子供も小さければ、父の脇にぴったりと身を寄せて坐って、大人たちの話を聞いている。話の内容は解っても解らなくても一向に構わない。囲炉裏の榾の火のいろをじっと見つめていると、自分が子供なのか大人なのか分からなくなってくる。とろとろと眠たくなって眼をとじていると、誰かが寝床に運んでいってくれる。冷たい布団はじきにポカポカと暖かくなって、ぐっすり眠ると朝が来る。

縁側に出てみると、庭中どこもかしこも雪が降ったように真白だ。霜が深いのである。霜の花、霜のこゑ、霜柱、深霜などという文字に出合うと、嬉しくなる。ひたすらに懐しい、あの囲炉裏の時間をおもい出すのだ。

狐火の消えおくれしをあはれがる　上田五千石

狐火も蕪村の恋もとはの闇　矢島渚男

狐火のやうに嫁いでゆきにけり　柳家小三治

私の狐火体験は残念ながら、これらの作家たちのように艶なものではない。

東京から焼け出されて、郷里に戻った父は、重たく厚手の黒っぽいオーバーを着て冬を働いていた。山ひとつ越えたところの集落から提灯をともして男の人が往診をたのみにくる。食事もそこそこに、父は立上って、黒革の往診鞄を持ち、例のオーバーを着て、その人と出かけてゆく。枯れ切った山道を提灯のあかりが揺れながら進んでゆくのが見える。その火は勿論、狐火ではない。しかし、子供ごころに私は「狐火だ」とつぶやいていつまでも立ったままじっと見送っていた。

狐火は別にちゃんとあった。墓場の燐が燃えているのだときけば、なるほどと納得した。その頃は土葬であって、墓山の黒い土を大きく深く掘り、そこに死者が埋葬されるその一部始終を子供たちも大人にまじってじっと見守っていた。

燐火を鬼火だと言われれば、それもなるほどと思った。この世の中にはいろいろと得体の知れないものがある。その得体の知れないものは月や星や天の川とはまた別の美しさで子供のこころに深く棲みついてしまうのであった。

人魂が飛ぶときけば、ああそうかと思った。どういう訳か、私は、「たましい」という言葉がとてもよいもののように思えて生意気ながら好きであった。「人は死んでも、たましいは死なないんでしよ」と母にたしかめると、にっこり笑って、母は「そうよ。その通りなのよ」と答えてくれた。

あるとき、父のその黒いオーバーの袖口につかまって、ずい分擦り切れた感じであることを知った。外国製のものであったようだが、布目があらわになっていた。狐火ときけば、反射的に私の心に立ち顕れるのはあの父のオーバーである。この頃はあんなに厚手のどっしりと重たいものを着ている人はいないし、売ってもいない。

狐火のつかずはなれず燃えにけり　高橋淡路女
狐火に逢うてもどりてもぐり寝る　鈴木花蓑
狐火の減る火ばかりとなりにけり　松本たかし
蒲の穂に火をともしあふ狐かな　西島麦南

狐火のぼうととぼりてしばらくゆく　松村蒼石

狐火に親しみを覚え、那須の山村の暮らしをいつまでもなつかしく思う私は、こうして狐火の句を見てゆく時間がとても愉しい。恐ろしいなどとすこしも思わないばかりか、いつでも心のスイッチを切りかえれば、回想の狐火のシーンが胸にひろがってきて寛いでしまう。

かつて、結社の仲間と、「江戸百景を歩く」吟行会を重ねていた。ある年の大晦日、「王子装束ゑの木　大晦日の狐火」の巻を訪ねることとした。

この日の深夜、関八州の狐たちが大榎の元に集まり、年一度の装束を改め、打ち揃って王子稲荷に初詣する。村びとは、その狐火の多寡と現われ方に来るべき年の豊凶を占ったという、そこに題材を得ての広重の名作。

青灰色の闇空にまたたく星の数。畑の中にそびえる大榎の枝ぶり。集いくる狐たちはしなやかな肢体のそのほとりにみな美しい火を炎え立たせている。そして、はるか右手奥の画面の小高い森からも無数の狐火が榎めざしてやってくる。列なしてゆらめく火のいろ。これだ。この闇の上品さこそ狐火の夜なのだと、私は膝を打ちたい心地を押さえてひとりでつぶやいていた。

そして、そうだ、あれは父が八十八歳の大往生を遂げた直後、いや一年祭の済んだ頃のことだった。「卯波」の月曜会で、「命」という題が出て、反射的に私は句帳に命日と書きこんだ。父の顔が浮んできたが、それは晩年の父ではなく、私より三廻り上の寅歳の四十代になったばかりの父であった。

私は三十六歳年上の壮年期に入ろうとしていた若い父、那須の村で昼夜をわかたず医師として全力をあげて働いていた頃の父の顔としばし、心の内で対話した。

真砂女特製の店のメニューにはないビーフカレーと、コロッケ。コロッケにウスターソースをすこしかけようとしたとき、右手の五指に、あの父の重たいオーバーコートの手ざわりがよみがえってきた。そして狐火だ、と叫んで掴んだあの袖口の擦り切れたウールの粗い布目がまざまざと見え、その感触が涙の出るほど懐しく思われた。

惜しみなく働き、十全に生きて、那須の山墓に眠る父。ふるさとの土に還った父を想うと、私はうっとりするような心地になるのだ。そして、その晩、卯波で授けられた一句は月曜会の最高点を得た。

狐火を見て命日を遊びけり　杏子

頭巾　三冬（丸豆巾・焙烙頭巾・大黒頭巾・角頭巾・御高祖頭巾）

引かふて耳をあはれむ頭巾かな　　与謝蕪村

布の手ざわりをはっきりと意識したのは、疎開して、芭蕉ゆかりの黒羽に暮らしていたときだった。父が開業していた東京本郷で、五人きょうだいのまん中、姉兄妹弟ひとりずつに囲まれて、のんびり暮らしていた生活は、北関東も北のはずれのこの土地にきて一変した。府立第一高女に入学した姉は父と看護婦さんと東京に残り、兄は本郷元町小学校の疎開児童、つまり集団学童疎開というかたちで黒羽町向町の常念寺に移る。三十七歳の母は六歳の私、三歳の妹、生後半年の弟を率いて、長男の暮らす寺のある栃木県北部の小さな城下町に移り住んだ。

知人の紹介で見つけた住居は旧奥州街道に面した二階建の下舞た屋。家の裏側を那珂川が流れていた。三番目の子供であった私はここにきて惣領になった。母は家長である。母について家を出る前には、鏡台掛をさっと掻きあげ、大人ぶって鏡に向う。

綿入の防空頭巾をかぶって、共布のやはり綿の入った柔らかな紐をキュッと締め、あごの真下で花結びにする。最初は母が結んでくれたが、すぐに自分の分はもちろん、妹の小さな頭にもすっぽりとかぶせた頭巾の紐をたるまないように、しかし首まわりが苦しくないように、ちょうどいい加減に結んで上げられるようになった。

綿入の頭巾は祖母が縫ってくれたのではないだろうか。メリンスの着物をほどいたもので、妹と私のは同じ布地だが、柄ゆきが妹の方はすこし愛らしく、朱色の分量が多いので、すぐ見分けがついた。母もやはり防空頭巾をかぶって外に出るが、沈んだ紫色のしっかりした布地で、いま憶えばあれは紬だったようだ。

一九四四年、昭和十九年の十月から、翌年の三月まで私達が身を寄せ合ったこの町に、その当時より遡ること二百五十年前の夏、松尾芭蕉は曾良とともに杖を曳いてきていた。十三泊十四日という「おくのほそ道」の旅程の中でも、一、二を競う長逗留の記録を遺している。当時は無論何も分からなかったが、兄が学友たちと身を置いていた常念寺には

野を横に馬牽きむけよほととぎす

の芭蕉句碑が建っているし、弟と妹を乳母車に乗せ、母と米や野菜を頒けてもらいに知人の知人を頼って、延々と歩いて向かった方面には、かの雲厳寺があり、ここにも芭蕉の

木啄も庵は破らず夏木立

の句碑が建っている。

母の着物や帯などと引きかえに、食料が頂ければ乳母車は満杯になる。帰路、母は弟を背負い、天鵞絨のねんねこで風を除ける。重たくなった乳母車を力をこめて私も押す。自分も母の役に立つ。私も頼りに思われている。

そう感じとれた黒羽の生活で、東京に暮らしていた頃のぼんやりとしていた私は生まれ変ってしまった。何をするにも、ノロノロとしか出来なかった私が、母に頼まれる前に、自分の判断で、テキパキと事をすすめる子供になってしまった。生甲斐を手にしたのだった。

ときどき、ひとり娘の母を案じて、宇都宮から慰問にきてくれた母の母、つまり祖母が、火鉢の前に向き合って、お茶をのみながら母と話している。寝床の中で私もきき耳を立てている。掻巻をすっぽりと着て、すき間風を防ぐ。その上の掛布団の衿の部分には掻巻の衿と同じように黒地の天鵞絨が掛かっている。

妹も弟もすやすやと寝入っているが、私は起きている。眼をとじて眠ったふりをして、ふとんの中にもぐっていても、八畳と十畳二間の仕切りの襖をとりはずした、ワンルームの借家の二階。話は全部すっかり聴こえてしまう。大人にはなれないが、家族の一員として、毎日をしっかり送っているという自信。昼も夜も好奇心でいっぱいの疎開生活だった。

「杏ちゃんは元気でいいね。泣いたりしないのは偉い。好ききらいもないし、第一、風邪ひとつ引かない。あの子がいてくれて、あなたも助かるじゃない」

「昔から、物に動じない子でしたが、黒羽にきて、それがいい方に出ています。何といっても寅歳の八月生まれの子なんです。お父さんも寅歳でしょ。誰よりもよく似ています。ホラ、虎は千里征って千里還るって。本郷の町内会で千人針を刺したときも、あの子引っぱりだこだったでしょ。何枚の手拭にあの子は糸を通して結んだか知れないんですけど。あの兵隊さんたち、どうしてらっしゃるのか。うちからの手紙では、おそらく東京には私たちももう帰れないのではないかって……」

米買ひに雪の袋や投頭巾　芭蕉
みどり子の頭巾肩深きいとほしみ　蕪村
千鳥鳴くうしろ月夜の頭巾かな　蓼太
頭巾着て老いぬ夜学の影法師　太祇
あつさりと浅黄頭巾の交ぞ　一茶

からっ風の吹きわたる黒羽の晩秋から初冬、真冬の寒さはすさまじかった。雪国の寒さとは別の、凍るような乾燥した風のつめたさは子供心にも骨身に沁みた。これらの俳句に詠まれている頭巾とは別の、防寒にも役立ったが、空襲という攻撃に備えての防空頭巾というものを、大人も子供も一枚づつ皆が持っていなければならなかった時代に私も遭遇したのだ。

頭巾を着けていても虎落笛は聴こえた。木の実の落ちる音。枯葉の窓を打つ音も。

戯作者のたぐひなるべし絹頭巾　正岡子規

深頭巾かぶりて市の音遠し　高浜虚子

尼さんのおこそ頭巾も京らしき　中村吉右衛門

平和な街の頭巾はおしゃれだ。祖母と母の会話から、街角で白い晒の手拭に赤い木綿糸で千人針を刺し、玉を作って糸を留めたことは憶い出せたが、街角でお手伝いさんに抱かれるようにして、大人たちの輪の中にいた、記憶はそれ以上でも以下でもない。

布狂いと人に言われ、自分でもそう思っている六十年余の私の人生の、布との出合い、その最初の出発は、戦禍を避けるための、もっとはっきり言えば、空爆というものから身を守る、その攻撃から頭蓋を護るための、防空頭巾のメリンスの布地の感触にあった。

若かった母は九十四歳で命終に近い刻を医師の兄と弟、そして姉や妹、何よりも兄嫁に看とられて生きている。

母に導かれて詩歌に近づき、野を横に…の芭蕉句の一行に魂を射抜かれた私は、近ごろは旅暮らしを重ねて、母を見舞うことも稀だ。

頭巾して石に坐れば虚落笛　杏子

新年

初夢　新年（初寝覚・初枕・獏枕）

初夢のなかをどんなに走ったやら　飯島晴子

元日の夜から二日の朝にかけて見る夢、また二日の晩に見る夢をいう場合もある。そのむかしは、節分の夜から立春の明け方に見る夢を初夢といったが、何故か天明の頃から二日の明け方に見る夢となったと歳時記の解説にある。私にはこのことがとても面白い。夢というものに、とりわけ一年のはじめに見る夢に、その年の吉凶を占うということが興味深いのである。
見てゆくと、初夢の句はいろいろとある。それぞれの作家の本音のようなものが垣間見られるおもいがして、私には例句をじっくりと眺めてゆく時間がとても愉しい。それぞれの作者に対する敬愛の念も深まるのである。

初夢に見たり返らぬ日のことを　日野草城
初夢に見し踊子をつつしめり　森澄雄
初夢のあひふれし手の覚めて冷ゆ　野澤節子

初夢になにやら力出しきりし　岡本眸

存門を玉条とせむ初枕　宇多喜代子

子供の頃、私はよく夢を見た。その夢をありありと覚えていて、若かった母にことこまかに報告したりした。母はそんなとき、実に聞き上手であって、「うーん」とか「すごい」「いいわねえ」などと合の手を入れる。私はますます得意になって話してゆくのだけれど、いま振り返ってみると、あれは若き日の母と幼い私がふたりで作りあげていた虚構の世界でもあったという気がする。

嘘というのではない。語り手は聞き手によって、その語る能力を引き出されることもあれば、閉ざされることもあるのである。子供だから、空想の世界はお手のものである。大好きな母のよろこびそうな筋書を創り上げることは簡単に出来るのである。いつまでも夢のレポートを母に語り続けることによって、私は母とすこしでもふたりだけの時間を長びかせたかったのかも知れない。

飯島晴子さんと短い期間であるが、句会を共にしていた貴重な体験が私にある。鈴木真砂女さんの「卯波」の句会、月曜会に出席されていた頃の思い出は一回一回の句座があざやかに私の心のファイルに収蔵されている。ともかく、折目の正しい方であった。

「鷹」の代表作家であり、現代俳句の旗手でいらしたが、藤田湘子先生に対して弟子としての鞠躬如とした態度を貫きとおされる。狭い空間に膝をくり合わせて坐り、句を作り、選句をし、選評をする。そして、日本酒を頂き、会食をする。

私などは、もんぺスタイルであることをいいことに、ギュウギュウ詰めの小座敷で膝を立てたり、足を伸ばしたりもした。飯島さんは正座を崩されない。何しろ最年長の真砂女さんが足袋を履きしめ、着物の上に白い割烹着をつけてカウンターのうしろの狭い通路をいったりきたりしつつ、〆切までに八句を揃えてしまうのである。「私は店の者ですから」と座布団を絶対にあてられない。句評が始まると、飯島さんの脇のあたりに真砂女さんも正座されて神妙に耳を傾けられる。

私は真砂女さんと呼ばせて頂いてきたが、飯島さんは湘子先生に倣って、一貫して、おかあさんと呼んでおられた。帰り際にはいつも私におっしゃった。

「おかあさんは偉いわね。天衣無縫ってだけじゃない。あのヴァイタリティが。私などにはとてもとても。凄いひとねえ」

と言われつつ、目立たないように皆の履物を揃えようとされる。それを目ざとく見つけて真砂女さんが駆けよりあわてて制される。

初夢の大波に音なかりけり　　鈴木真砂女

月曜会創立以来の私は幹事であったから、句会の案内などを郵送でお出しする事もあった。

「ご多忙のあなたに、こんな事務的なお役目をして頂いて恐縮です。いつも申訳ないと思っています。感謝しております」というようなお葉書を頂くと、こちらが申訳なくなってしまう。私はいわゆる筆まめではないが、手紙や絵はがきを書いたりすることは気分転換のひとつで、つまり、上等なヒマつぶしのひとつとして愉しむ習性が若いときから身についてしまっている。

いまも昔も、私は手書き派で、そのカードに数行を記し、封筒に相手の住所と名前を書いてゆくその時間だけは、まぎれもなくその人のことだけを想っているのである。その時間が好きなのだ。

便せんも封筒も、絵はがきの図柄も、もちろん切手も、その相手にいちばんふさわしいものを選ぶ。切手は小さな郵便局よりもたっぷりと買いこんで専用の切手だんすに収納してあるし、絵はがきも山ほどストックがある。その人のキャラクターに合わせてと言っても、よく考えてみると、おおむね、その人の着ているものの布地やその他のテキスタイルをおもい浮かべて便せんや封筒の紙質を選び、色合を決め、切手を季節先どりの感じて探しあてて貼ってゆくことになっている。

真砂女さんは卒寿を過ぎて、いよよ華やぐの人で、ピンクの着物が似合う人である。柔らかな反物がぴったりの人で、お出かけのときには、紬や手織木綿の縞や絣などは絶対に召されない。

飯島さんは洋装の人であるが、どこかキュートなオーソドックスなスタイルの決まる方で、間違っても、フォークロア調のものなどは召されない。ということが私の頭に入っていて、それぞれの人の好まれる装いの色が胸に落ちれば差し出す手紙やカードの選定は即座に決まる。

初夢の枕の上にひろがりぬ　上野章子

初夢うつつほほゑみの国にあり　平畑静塔

信じられない事実だが、飯島さんが「卯波」の句会にいらしてた頃、私の初夢に真砂女さんと飯島さんが揃って登場されたことがある。何故だろう。飯島さんはザックを背負っているし、真砂女さんはシルクデシンのワンピースを着て、ストッキングにパールシルバーのパンプスというでたち。

真砂女さんが言った。

「飯島先生、肩の力をすこし抜かれないと。人生は長いんですから。どうぞ。ところで、杏ちゃん、あんた、私の昔の絣の着物もらってくれる。藍と白だけど。大塚先生に仕立直して頂いてよ」

それから一ヶ月ほどして、句会のはじまるかなり前に私はひとりで「卯波」に出かけた。

「あらお早い。まあビールでもどう」

「それより先生、私に下さる古いお着物があるんじゃありません。大切に着ますから」

「あら、よかった。いつも渡そう渡そうと思ってて忘れちゃうんだけど、いま出してくる。若いとき、あのしゃにむに働いてたときの仕事着よ。あんたが生かしてくれれば嬉しいわ」

頂いたその着物は風呂敷包のまゝである。

初夢のひとりでたどる熊野道　杏子

女正月　新年

女正月帰路をいそぎていそがずに　柴田白葉女

白葉女先生は懐しい。長らく女性だけの俳句集団「俳句女苑」を主宰されていた。飯田蛇笏・龍太門下のモダンで知的な方であった。女流俳人の大先輩であるが、私の記憶ではいつも洋装でいらした。大学の教師といった雰囲気をたたえた方で、ずい分昔のことになるが、ペンクラブの国際大会が東京で開催されたとき、私は勤め先の仕事ということもあって、会期中毎日、新宿の京王プラザホテルに通っていた。私自身もペンクラブの会員であったから、いくつかのシンポジウムやパネルディスカッションには一聴衆として参加、毎日が発見に満ちた日々だった。

白葉女先生はその日、ヘリンボーンツィードのジャケットの下にシルクの白いブラウスをお召しだった。茶色のスカートに茶色のパンプス。大学生のように壇上の話に熱心に耳を傾けつつ、イヤホーンを耳にあてて、大学ノートにメモをとっておられた。私の姿を認めると、にこにこと右手を軽く挙げてごあいさつ下さるのだった。女子学生のように。

そんな先生のイメージとこの句を重ねることは愉しい。帰路をいそぎていそがずに。賑やかな女性達の弾んだ会話が聞こえてくるようだ。

芝居見に妻出してやる女正月　志摩芳次郎
五指の爪玉の如くに女正月　飯田蛇笏
米櫃の柿をほりだす女正月　福田甲子雄
女正月集ひて洩れもなかりけり　山崎ひさを
昼酒を少しく女正月に　成瀬正とし

米櫃の柿をほりだすということが分からないという人も多いかも知れない。私などには実になつかしいことなのであるが。渋柿を甘くして食べようと思えば、米の中に柿を埋めてしばらく日を置いて渋を抜くという方法は広く行われていたのだった。現在は容器に詰めた渋柿に焼酎などのアルコールをまわしかけて密封し、その箱ごとを宅配便などを利用して贈り物とする場合も多い。その箱には何月何日以降開封を。などと記してあって、きわめて合理的であるが、この米櫃方式は簡単には渋が抜けず、焦ってとり出して味わってみると、半ば甘く、半ば渋みが残るというようなことがしばしばあった。

一月の米櫃は、その米の中に手をさし入れてみれば、海底のように冷たい。熟柿のようにやわらかくなっている柿もある。ともかく甘く、美味しそうな柿を女正月に集まったメンバーでにぎやかに頂くのである。

女正月、とはいえ、母はいつもと変らず着物の上にま白い割烹着をつけていた。割烹着は木綿のキャラコなどで出来ているが、卸したてのまあたらしい割烹着の白さ、輝きは格別のものである。その昔、若かった母を詠んだ

李咲いて母の割烹着の白さ　杏子

という句がある。台所の窓から見える庭の一隅に李の木があって、その近くに父が大切にしていた芭蕉が二株ほどあった。

一月の一日は男の正月で、十五日は女の正月。暮から新年にかけて忙しく立ち働いてきた女たちが骨休めをする日という風に受けとられて、この日に女性達が集って句会などを愉しみ、ごちそうを頂いたりしたが、そんな風習もいつとなく風化してきているようだ。

第一、正月の準備に全力を挙げるという事、それ自体が稀になってしまった。年末年始の休みを利用して、夫婦で、家族で海外へ出かけたり、国内旅行をたのしむ人々も多い。それはそれでよいことであるが、小正月でもある女正月に、お正月には食卓にのぼらなかったお汁粉や栗ぜんざいを頂いたり、お正月の晴着、春着とはまた別の、ちょっとカジュアルでしかもいかにもその人らしい個性的な装いをこらして集まるというのは、寒中のこころ弾む行事であった。

私は女正月の日は女性の仲間中心の句会をする。一人か二人男性俳人もゲストに招いて、ということを長らく続けてきた。それとまたときどきは、小正月の行事がしっかりと守り継がれている地方に

出かけて行くこともある。たとえば、奥会津の三島町や只見町、伊南村、昭和村などに前日から泊って、雪上に炎上する塞の神と呼ばれる左義長、どんど火を拝する。

女性たちはみな白い割烹着を甲斐がいしくまとって、お煮メやおでん、甘酒、お汁粉を大鍋に仕立てて、惜しみなく接待をしてくれる。手打ちの新そば、新米でつきあげた餅のいろいろ、雪大根その他の漬物もたのしみである。よく眺めると、美容院でととのえた髪型に、新しいスウェーターや、ちょっと派手なブラウスと上着をそろえたりして、割烹着の下のおしゃれもなかなか素敵である。

ともかく、新しい年になったのである。寒い寒いといいながらも、日脚は確実に伸びている。そんな時期に女正月という日が設定されていることのすばらしさをいつも思う。

来年の女正月、その日の句会は向島の百花園で計画している。園内に御成座敷と呼ばれている日本家屋があり、茶亭「さはら」が運営している。小さな日本間は茶室としても使えるもので、芭蕉の間という。大きい方の座敷は四十人はゆっくりと坐れる。障子の外に日当りのよい廊下があり、その囲りはガラス戸である。アルミサッシなどではない木と流しガラスの懐しい引き戸。

この畳の間に坐って、障子をあけ放ち、百花園を見はるかす。冬桜が花をつけ、早梅も一、二輪。臘梅はよく匂う。春の七草はすでに長けている。鶯が来る、眼白が来る。まさに日脚のぶである。

句座あれば向島まで女正月　杏子

手毬　新年（手毬唄）

手毬唄かなしきことをうつくしく　　高浜虚子

「手鞠」が新春の季題となってきたのは、天明以降、文化文政のころからという。手毬が子女の新年の遊びとして登場してからは、手毬唄が女の子たちによってうたわれるようになってくる。良寛の手鞠唄はよく知られているし、瀬戸内寂聴さんも『手鞠』という小説で良寛を書いている。その手鞠の唄は、

つきて見よひふみよいむなやここのとを十とおさめて又はじまるを
霞立つ長き春日を子供らと手まりつきつゝ今日もくらしつ

小学生のころ私も、手毬つきに熱中した。いくらついても飽きるということがなかった。しかし、その毬はゴム鞠であって、実によく弾んだ。小学校に入ったばかりの私の顔ほどもあるゴム鞠を片時も離さず、眠るときも枕元に置いていた。ゴム鞠であるから、地面よりコンクリートの上でよく弾ん

だ。庭も往還も土である。

私たちは友だちと、村の集落の共同倉庫の軒下を借りて、心ゆくまで毬をついた。そしてある日の夕方、そのゴム鞠に穴があいてしまった。ゆっくりとしぼんでゆくゴム鞠を抱えていたときの絶望感。空気を入れてくれて、穴をふさいでくれた大人がいたが、結局その鞠の寿命は尽きた。

村にゴム鞠は売っていない。母は疎開せず東京の家に居残っている父に、手紙でゴム鞠を買って送って下さいと手紙を書いてごらんという。昭和二十年。村の小学校に入学を前に、私は母の便せんをもらって、鉛筆で父に手紙を書いた。書き上げると、私はその手紙を母の前に座って朗読した。

那須の村では、四月に入ってもまだ炉を焚いていたし、炬燵もあった。母に投函してもらったのだが、父から返事は来なかった。空襲に次ぐ空襲でゴム鞠どころではなかったのであろう。しかし、私の手紙の文面を母と私はしっかり胸に畳んだ。ついこの間まで、母はそのことを想い出すふうであった。

「杏ちゃんのあの手紙は名文だった」と母はいつも同じことを言う。母は五人兄弟の子どもを育てたが、ひとりひとりをよく見て、ちょっとしたことをとりあげて個別に何回も誉める。叱ることはめったになくて、誉める。それが母の教育だったのだといまにして思う。

手毬つく髪ふさふさと動きけり　山口波津女

面白く手についいて来し手毬かな　上村占魚

正月の月が明るい手まり唄　細見綾子

焼跡に遺る三和土や手毬つく　中村草田男
よき毬を吉野の奥の奥につく　大峯あきら

中学生のころから、母の影響で私も俳句を作るようになった。そして高校生になったとき、母の母である祖母が賸ってくれた素朴な手毬を手にした。賸るという文字を辞書で引いて、ひどく感銘してしまった。人間の頭脳と手が創りだす球形のアート。いまでいえば、コンピューター・グラフィックスのように不思議な美しさに満ちていた。

その手毬は弾まない。ついて遊ぶものではないが、大学受験講座のラジオを聴く机の上にお守りのように飾っておくことにした。

祖母は手毬唄をよく知っていた。何度も私が意味を覚えるまで唄ってくれた。その合い間には、「いまに女の人も自由に世界中を旅行できるようになる。英語はよく勉強したほうがよい」などと言って、受験講座が始まると、椅子に座って机の上のラジオを聴いている私の脚元の畳に、端座して一緒に講座に耳を傾ける。

私があくびをかみ殺そうとするやいなや、渋い日本茶に甘納豆を添えて、さっと机の上に載るという、まあ魔女のような神通力のあるような、まことに若々しい友人のようなおばあさんだった。

いま、気がついたのだが、私は年長者の方に親しくして頂いている。三回り上の方などザラで、五十歳くらい年上の人と昔から親交を結んできた。年を重ねてしまった現在は、私よりずっと年の離れた若い句友とも実に親しくしているが。そのことを不思議だと人に言われても、なんとも思わずにきたが、そのスタートはこの母方の祖母との友だちづき合いにあったようだ。

手毬唄うたひくれたるひとのこと　池内たけし

子の手は火わが手は氷手毬唄　百合山羽公

私にとってのことであるが、祖母は無類の人であった。祖母の許から高校に通ったのは一年間であったが、毎朝小さな卓袱台に私ひとりの朝食が整えられていた。ごはん、おみそ汁、魚の干物を焼いたもの、海苔、富貴豆、お新香。この献立は数年前、文芸誌「すばる」に載った宇野千代先生の朝食膳の写真とじつによく似ていた。

祖母に渡された手毬の手ざわりが忘れられず、そののち、私はどこかに出かけると、その地方独特の手毬を探すようになった。城下町には御殿鞠と呼ばれるきらびやかなものがいろいろある。しかし、私が触ってみたいのは、両手に包んで、目をつむって、その手縢りのデザインを触覚によって堪能したいもので、化繊の糸でなく、絹か木綿の糸で縢られたものだった。そういう基準で探してゆくうちに、私はなんともすばらしい手毬に出合う。

当時、私は職場でテレビ・ラジオの番組のプランナーであって、番組制作の現場に立合いということで出かける機会も多かった。

石垣島に行き、市内の民芸店に入ると、黒地に大胆なデザインで動物や植物を刺してある手毬が飾ってある。黒の木綿の太番手の糸でベースを巻き上げ、その上にいかにも沖縄、八重山という色彩の糸でダイナミックに図柄を縢ってある。私はともかく、店にあるだけの毬を買って、時間がかかってもいいので、また入荷したら送ってもらえないかと交渉した。そのとき、「いいですよ。毬をつくっているのは私の母です」と言って若い女性が現れてほほえんだ。

その人に相談にのってもらって、私は草木染めの手紡ぎ手織の茜色の長目のマフラーを買った。感じのいい人で、私は勤め先の名刺を差し出し、その人の自宅の住所と電話を手帳に書き写した。

東京に戻り、あたふたと過ごしているうちに、私は八重山の手毬のことをすっかり忘れて暮らしていたが、ある朝電話が鳴った。

「母が楽しんでたくさんつくりました。全部お送りしましょうか」

「もちろん」と私は答えた。ダンボールの箱が届く。どの毬もすばらしい。私は新年のプレゼントにこの毬を差し上げるべき人の名前をリストアップしていった。年輩の女性から順に。そして大変に感謝された。お店で出合った女性は新垣幸子さん。八重山上布を立派に再興復活させたこの人はいまや日本を代表する染織作家として知られる。私達は「心友」となった。

私の句は京都の老舗「魅嘉」のご主人、小堀正次さんの仕事場を拝見させて頂いた折のもの。

あらたまの手毬魅縢る糸の数　杏子

春着　新年（春衣・正月小袖・春小袖・春服・初衣装・初重ね）

唐桟の好みもありし春着かな　松根東洋城

新年の季語になっていることからも分かるように、新春に着る新調の晴着のことである。男性の春着ももちろんあるが、多くの場合、女性の晴着をさす。春著とも書く。春の季節に着る衣服のことを言う場合もある。

「春着縫う」という季語もあって、これは冬になる。新しい年のこと、遊びや、訪問、集まりなど、楽しいことをいろいろ思い浮かべながら、反物をひろげ縫ってゆく。近づく正月を目前に華やかな柄、色を縫い急ぐその心のたかぶり、灯火の明るさなどが想われる。

髷重きうなじ伏せ縫ふ春著かな　杉田久女
待針は花の如しや春著縫ふ　多田菜花

などの句に、そのたたずまいと雰囲気がよく出ている。

さて春著である。「ＢＳ俳句王国」という土曜日のお昼前に一時間ほど放映される番組がある。毎週の放送だが、ひとりの俳人が二週続けてその番組を主宰、数人の句会参加の俳人のほかにゲストがおひとり、その人も二週続けて出演となるシステム。

たまたま一本目の生中継が十二月二十二日。放送終了後に同じスタジオで、今度は新春一月五日放送分の収録があった。つまり一本目はこの番組の年末最終回、二本目は新年第一回放映のものということである。

ゲストは俳優の小沢昭一さん。東京やなぎ句会などで俳歴三十年をゆうに越える、俳号変哲先生であった。制作担当のＮＨＫ松山放送局の村重尚さんから連絡があり、新年放送分の収録時には特別にお着物など召されますかとの問い合わせ。私はいつものもんぺですが、ちょっと華やかな素材のものにしましょうとお答えした。

ちなみに、ゲストの小沢さんのご意向はと聞けば、「先生は背広で出ます」とのこと。その他の俳人は、女性は全員着物、男性は洋服。司会の鈴木桂一郎アナとアシスタントの大高翔さんは羽織袴、そして振袖の訪問着を用意されているとのこと。

一本目は兼題「柚子湯」で愉しく終了、続いて一月五日分の準備に入る。着物を着る人たちは髪型はもちろん、メイクにふだんの三倍の時間がかかる。そして着付けと大童。シャツとネクタイを替えるだけの変哲先生と、用意してきたもんぺに着替えるのに、一分で済んでしまう私は、控え室でお弁当をひろげ、珈琲のお代わりをする。先生はおいしそうに煙草をくゆらされ、余裕しゃくしゃく。

灯明し春著の裾を妓の曳くに　高浜虚子
人の着て魂なごみたる春着かな　飯田蛇笏
かりそめの襷かけたる春著かな　久保田万太郎
春着やゝ夫の好みのぢみに過ぎ　大場白水郎

美しい春着のその裾を曳く妓たちに囲まれ、新春の座敷に和服でくつろぐ虚子。「夫の好みのぢみに過ぎ」という衣裳をまとった女房はこぼれるような若さを匂わせているのであろうし、優美な春着にさりげなく襷をかけた人はいよいよ艶な立姿であろう。

こんな句をこころに思いうかべながら、私は常に変わらぬ大塚末子デザインのコスチュームに着がえていた。一回目は冬至の日の生放送であったので、姑より譲り受けた大島紬の着物で仕立て直した揃いの上下。全体が銀ねず色なので、インドの手絞りの羽毛のように軽いストールを合わせた。

朱色の長さ二メートル、巾八十センチもあるのに、重量をまったく感じない。そして新年番組のテキスタイルは、バングラディッシュの絹の総絞りならぬ全面刺し子。黒の絹地に黒の絹糸でびっしりと刺し、ところどころに、大きな星型の刺繡が、これはゴールドブロンズの太い絹糸で施してある。星の中心と周縁の糸の色は微妙にグラデーションをなしていて地味だけれど、華やかでもある。

もともとこの布地は、バングラディッシュの女性たちがサリーのような衣裳の上に身にまとうビッグショールである。従って、その布には裏表がないようにきれいに二枚の薄い絹地を合わせて刺しこんであり、縁はまたもったいないほど見事にしっかりとゴールドブロンズの太糸でびっしりと刺し上げてある。

こんな布地をどうして手に入れることができたのかといえば、それはまったく幸運の出会いによるのだ。いずれその女性のことはくわしく書きたいと思うが、インドやシルクロードの手仕事の布地を長年蒐集してこられた岩立広子さんのおかげなのである。

テレビの画面はありのままを映し出す。バングラディッシュの女性たちの手仕事の布はとても風格があったと言われた。

膝に来て模様に満ちて春着の子　中村草田男
ゆきたけのをとめさびたる春着かな　西島麦南
春著着て机辺の父に仰がるゝ　大橋櫻坡子

ここに詠み上げられているのは、それぞれに父親である俳人たちの眼に入れても痛くない愛娘に対する愛情である。そして、父親の慈しみ深い視線に包まれている娘たちの姿である。

私たちの世代の父親は、明治生まれの男性であった。厳格、無愛想、無口というような共通項はたしかにあったが、惜しみないその父性に護られて私たちは成人した。父親だけではない。俳句の師である山口青邨先生が、箸にも棒にもかからない俳句作者志願の女子大生の私たちを、そのひとりひとりの個性の中の可能性という不確かな芽をさぐりあてられ、焦らずに育んで下さった。

その師恩のありがたさ。六十を過ぎた今ごろになって、学生時代の先生の句評の内容の深さに、夜中にハッと気づいてとび起きることがある。その教えの延長線上に、たまたま、NHKのテレビ番組で私が主宰者であるとか、選者をつとめるなどという現実があり得ているそのことをいつも想う。

大塚末子先生は私の三回り上の寅歳でいらした。日本のきものは民族衣装としてすばらしいけれど、この国のありようからまもなく滅びてしまう。しかし、直線裁ちであるという着物のいのちは消えないとつねにおっしゃっていらした。日本の伝統的布地は世界に誇れる文化であるとも。

九十年生きし春着の裾捌き　　鈴木真砂女

五十で家をとび出し、七十で俳人協会賞、八十からエッセイを書きはじめ、九十で蛇笏賞、読売文学賞などを手にした銀座「卯波」の女将であった人。私は世の中にひっぱり出されて以来、ずっと親しくしていただき、励まされ続け、句座をも共にしてきた大先達の句である。

その昔、青邨先生居、杉並の雑草園では二日に新年会があり、親しい門下が集まった。私も兄弟子たちに誘われて、伺っていた時期があった。そのころの一句、第一句集にある。

鏡中にわれも春著の紐鳴らす　　杏子

羽子板　新年（羽子・胡鬼板・追羽根・遣羽根・揚羽根）

羽子板の重きが嬉し突かで立つ　長谷川かな女

袂のたっぷりと長い華やかなお正月の晴着を着せてもらって、豪華な羽子板を手にして立つ少女。市松人形のように切り揃えたつややかな黒髪が新春の日に輝く。かな女という人の遠い日の自画像であろうか。ともかく、羽子板の句として忘れられない作品である。

私の少女時代は昭和二十年代のはじめ、それに疎開して那須の山村に暮らしていたので、とてものような立派な羽子板にはお目にかかることも出来なかった。

それでも四十代の終りから、私も毎年押絵の羽子板を手にすることが出来るようになった。吉徳ひな祭俳句賞の選者をお引き受けして以来、毎年年末にこの幸せが授けられる。

「本年は、来春の干支・未年にちなみまして、歌舞伎の演目より『二人新兵衛』の羽子板を特別限定製作いたしました。作者は、羽子板界の名手・五代目野口豊山でございます。新春のお部屋飾りにお用い頂ければ幸いに存じます。よいお年をお迎えくださいませ平成十四年師走吉日

吉徳　山田　徳兵衛」

こんなお便りの入った長方形の箱をひらくときのたのしみ。暮に頂く品物はいろいろあるが、羽子板の箱はすぐ分かる。重たくもなく軽すぎもしない玉手箱である。

毎年その見事な押絵を眺め、布地に手を触れて、身ほとりに立てかけて愉しむ。そののちは、順番に姪たちにプレゼントする。我家には子供がいないけれど、姉の孫の女の子に贈った年もある。二十本に近い吉徳からの羽子板は、私をとりまく若き女性たちに大切に守られている。

羽子板のばれんみだるる纏かな　久保田万太郎
羽子板や子はまぼろしのすみだ川　水原秋櫻子
羽子板や母が贔屓の歌右衛門　富安風生
梅幸の羽子板艶を失はず　相島虚吼
羽子板の写楽うつしやわれも欲し　後藤夜半

羽子板と歌舞伎は切っても切れない。そして羽子板といえば、押絵を連想するが、歌舞伎役者の舞台姿を押絵にして、羽子板にするというアイディアを発想した人はすごいと思う。

吉徳の資料室長の小林すみ江さんに伺ってみたいと考えていたところ、私の知りたいことがまとめて書いてある本が手に入った。下町連句会を主宰する伊藤哲子さんは句友である。「下町タイムス」の名物記者でもあって、私の知恵袋的存在の姐御である。並んで歩けば私の妹にしか見えないが、大先輩である。

この人が暮も押しつまった十二月二十四日、新宿住友ビル48階の朝日カルチャーセンターの特別講座「金子兜太vs黒田杏子の俳句一日集中講座」に参加していた。講座のあと、お互いの無事を讃え合いつつ大江戸線に乗って、この一年を総括し合っていて何気なく、彼女が手渡してくれた「下町タイムス」に、いちばん私が読んでみたかった本の広告が出ている。西山鴻月著『凪のしがらみ』サブタイトルは羽子板職人の四季とある。数え日の郵便物の中にこの本を発見したとき、哲子さんの友情に最敬礼していた。以下はこの本の請け売りであることをお許し願いたい。

歌舞伎役者の姿が羽子板の上に現れたのはいつか。浮世絵では、奥村政信描く一七五一（宝暦元）年の女形、嵐喜代三郎の八百屋お七が、恋人吉三郎の立姿の羽子板を手にしているので、当時すでにそのような工夫があったことがうかがえる。

羽根つき遊具にすぎない一枚の板をキャンバスにして、人気スターを描くという、この奇抜な発想によって羽子板は、単に初春の縁起物であるにとどまらず、江戸歌舞伎の人気とともに押絵羽子板の基礎が出来、今日に至ったのだという。

その作り手も下絵師、面相師、押絵師と次第に専門化する。折しも浮世絵の爛熟期、下絵には国貞、国芳ら墨の線の作品も残るという。師走の江戸の街に順次立つ歳の市。猿若三座のその年の当り狂言で、贔屓役者の羽子板を求めては、みないそいそと懐に抱いたのであろうし、羽子板は今日のブロマイド以上にファンの心をひきつけ、満たしてゆくものであった。

そして、この押絵羽子板がほぼ完成の域に達するのは明治中頃。団菊左（九代目市川団十郎、五代目尾上菊五郎、初代市川左団次）を軸とする歌舞伎全盛期の恩恵であり、名優が次々と演ずる新旧の狂言の型を職人たちは、楽屋への出入りを一種の見栄にしつつ熱心に研究し、役者衆もまた自らの羽子板の売れ行きによって人気を探ったという。

などと書かれてあるところをくり返し読んでいるうちに、現在の新しい羽子板よりも、年代ものの古い押絵の羽子板に圧倒的な存在感を私たちが感じるのはやむを得ないことなのだということがはっきりしてきた。

ところで、この西山鴻月さんはこの本をまとめるにあたって、吉徳十世の山田徳兵衛著『羽子板』、松沢光雄著『押絵羽子板』などを参考資料としてなにより頼りにされたとある。私がこの二十年近く、おつき合いをさせて頂いているのは十世の山田徳兵衛さんであるが、

ふたたび西山さんの本に戻れば、布、裂好きの私には見落とせない記述がある。

昭和の初期、大妻高女（現在の大妻女子大）では、裁縫・お茶・お花と共に、「押絵細工」が正課で、その時間がくると、教室に炭火を起こし、コテを焼いて押絵を作ったとある。また、西山さんの母上は仕立物をしておられて、帯地、緞子、羽二重、縮緬などの残り布をまるで宝物のように大切にしておられ、時おり色々と細工物に使われる。

暮ともなると仕事が忙しく、どんな夜中に目を覚ましても、電灯の下で黙々と針を運んでいる母の姿があった。それこそ西山少年の思い出に生きる、いちばん好きな母の姿であると。さらに母上は暮が近づくと、近所の文房具店で一尺三寸から五寸の板の羽子板を求め、ここに、仕立物の残り布を生かして、ごく簡単な押絵をほどこし、毎年親しい人達に配っておられた。氏が数え十一のときに亡くなられた母上の忘れ得ぬ記憶とある。

歌舞伎通でも何でもない野暮な私であるが、ある年、羽子板市をじっくりと見て廻り、こんな句を作ったりした。いくつかの歳時記に収録されていたりして恥ずかしい。

羽子板の役者のかほのもの足らぬ　杏子

初日　新年（初日の出・初日影・初旭・初日山）

木綿縞着たる単純初日受く　　細見綾子

細見綾子という作家の句に若いときから親しんできた。母が欣一先生・綾子先生の「風」に所属していたので、結社誌である「風」を読む機会に恵まれていたからであろう。

そして、この作者の句としてよく知られる

冬来れば母の手織の紺深し

ふだん着でふだんの心桃の花

などの世界にとりわけ共感を深めてきた。のちに細見先生が丹波のご出身であることを知り、さらに直接お目にかかる機会を得た折に、

「あなた、そんなに木綿が好きなの。丹波木綿をいままた織りはじめている人がいるのよ。いつか訪ねてごらんなさい」

と大きな黒眼をいきいきとかがやかせておっしゃって下さった表情が忘れられない。

私がこの作者に魅かれるのは、母の師であるという理由からだけではない。細見綾子という明治四十年生まれの女性から発せられる知性。近代性という匂いが好もしいのであった。単純に女らしいなどというのでもなければ、もちろん、女丈夫などというのでもない。男でも女でもどちらの世界にも通用する人間としての古めかしくない人生観、自然観、それをこの作家はたっぷりと備えているとうかがえるところが尊敬する所以であった。

初日の句で私の胸の底に棲む句は多いが、

初日さす戦後の畳やはらかし
昨日とおなじところに居れば初日さす

この二句、制作年代は異なるがどちらも桂信子の作品である。さらに女性作家の句で

初日の出ゆるく刻打つ大時計　　中村苑子

がある。ひとりの人生の時間と天文的な時間が一行の句の中に同時に流れていて、この二人の作家の句はとりわけ私には感銘深いのである。

初日の光景で忘れられないのは、インドに旅した折の体験だ。世界地図を拡げるとインド大陸が大

きく眺められる。その大陸の南の端にケープコモリンとある。コモリン岬である。太陽信仰であろう。この岬で初日を拝むためにインド国内はもとより、アメリカやヨーロッパ各国から毎年大勢の人々が集まってくるのだ。

前日、つまり大晦日の午後にコモリン岬にバスで到着した私達は、簡単なバンガロー風の宿泊所で休けい、仮眠をとったのち、夜半から岬周辺に出かけ、おもいおもいに地べたや大きな石、岩の上などに陣どって、ひたすら初日の出を待つ。

太鼓を打ちならしながら、ビートのきいたリズムに奇声を挙げつつ、輪になって踊っている一団がいた。土産物を売る屋台もいくつか出ている。南インドではあるが、かなり冷えこんできた。ビッグショールをアノラックの上にまきつけ、うとうととしているうちにひろびろとした空が茜色に染まってくる。

従者の男性を従えた女性の一団が眼の前を過ぎて岬の突っ端の方に進んでゆく。黒ずくめの上下に身を包んだ青年のグループもたいまつをかかげて海に向う。横にたなびくオレンジ色の雲がひろがる。大きな、薔薇色の太陽が姿を現わしたとみるや、たちまちその日輪は黄金の輝きそのものへと変容してゆく。

岩を伝って、海原近くに集っていた男女がつぎつぎ波間に身を沈める。沈んだとみる間にまた人々は浮かび上ってきて、背泳ぎでゆったりと海面に漂う。サリーの女性たちは羽衣のような長いショールを身に巻きつけたまま波間にたゆたっている。腕や足首に着けた金色の装飾品が初日を受けて光る。なんとまぶしいのだろう。黒髪は波間にほどけ海藻のようにゆらめいている。

雲包む初日を空のをしむやは　上島鬼貫
白粥の茶碗くまなし初日影　内藤丈草
日の光今朝や鰯のかしらより　与謝蕪村
土蔵から筋違にさす初日かな　小林一茶

そもそも古渡の印度更紗にあこがれ、インドへの旅が現実のものとなってから、私は五回ほどこの大陸を旅する機会に恵まれた。すべてが瀬戸内先生のご縁で知り合った芳賀明夫さん、久保田展弘さん、横尾忠則さん、新正卓さん、佐江衆一さんなどという方々とご一緒の印象深い旅である。

インドに行くためには、乾期（季）を選ばなくてはならない。年末年始の休暇が生かせるということは、勤め人であった頃の私には好都合であった。

インドの風土に触れて、私の布好き、染織というものへの関心は一層高まった。そして、何という幸いか、インドその他の染織の調査蒐集に長年たずさわってこられた岩立広子さんにめぐり合ったのである。

岩立さんのコレクションは、日本民藝館でも見ていたし、NHKのテレビ番組や写真集などからその人となりを勝手に想像してお会いしてみたいと長い間希っていた。白塔句会で先輩の棗美紗子さんが岩立さんのショールームの地図を句会のはじまる前に書いて下さった。

金曜と土曜だけ十一時から六時まで開けているというので出かけた。目黒区自由が丘一ノ二五ノ十三。自由が丘の駅前広場を背に、はじめての道を右に曲って進んでゆくと、右側に落着いた岩立ビルが見つかった。

案内を見てエレベーターで三階に上る。どっしりとした木製の扉を開けると、そこは天国だった。左手のスペースは岩立さんのコレクションの展示コーナー。玄関をはさんで右手のスペースは岩立さんが、インドやバングラディッシュ、ブータンその他で集めてこられた布地やショール、スカーフ、クルタ、ドレス、コート、ベスト、さらに布製のバッグや袋もの、ランチョンマット、クッションカバー、などを展示即売されるところとなっている。

はじめて訪ねた日から、一体、これまでに何度訪ねたことか。行けば必ず欲しいものに出合える。岩立さんはソヴィエト軍進攻以前のカブールにも何回となくゆかれていたという。アフガニスタンの遊牧の人達ともおつき合いがあって、「あの人たちの精神は高潔ですよ。染織技術のすぐれた伝統はいずれ必ず蘇ります」と言われる。彼らがテントをたたんで移動するときに用いるベルトは羊毛で織ってある。花柄その他色彩も美しく丈夫で上品で、いつまでも手を触れていたい織物の華である。

私はここで、バングラディッシュの山繭の絹地に全面刺子をほどこして強化し、ところどころに星型の刺繍を散らしたビッグショールを何枚も求めて、もんぺの上衣とし、無地のやはり同じ刺子の布地を色違いの切り売りで求めて組合せを愉しむことを覚えた。

訪ねれば必ず心が満たされる布地に出合える。ここに置いてあるものには一点として下品なものが無い。街騒が嘘のように届かない空間で、ご主人のジョージバレルさんお手製のケーキにミルクティを頂くお茶の時間に加えて頂いたこともしばしばである。岩立さんのネットワークはグローバルなひろがりがある。パキスタンやイギリス、アフリカの染織家や研究者による講演とスライドの会にも参加させて頂いた。

私は大塚さんのもんぺをずっと着続けてきて、岩立さんの美意識、洗練された暮らしのセンスにめぐり合えたことを神さまに感謝する。自由が丘の繁華街の一角に、この地球上に生まれ続けている美しい手仕事の染織の数々が選びぬかれて堆高く積まれている、その静謐な空間に身を置くこの世の時間を私はなによりもありがたいと思っている。

ガンジスに身を沈めたる初日かな　杏子

あとがき

子どものころから布に興味がありました。

それが古布であれ、新しい布であれ、ともかく、自分が美しいと感じた布にはいつまでも手を触れていたいと思いました。

戦後の物のない時代に小学生となった私の囲りに、それも北関東の山村には、立派なもの、高価なものは見当たりませんでしたが、人間の手が生み出した布の端切れや、洗いざらした手織木綿、麻地の衣類、藍染のものなどがあったので、それらをよく見つめるよろこびを知ることができました。

この本には、そんな育ち方をして、大学卒業以来、定年まで広告会社の勤め人であった私が、こころのファイルに蓄積してきた、布をめぐる季語の記憶のうちのいくつかが収められています。

俳句は「NOW」という「いま」の瞬間を切りとるのですが、過去、過ぎ去った時間の記憶が鮮明でなければ、「いま」は顕ち上ってきません。私たちは古いもの、時間に洗われたもの、懐かしいものの中に、新らしさと忘れることのできない美しさを感じます。

過去の暮らしがすべてよいなどとは思いませんが、落ちついて記憶のファイルをとり出し、焦らずにじっくりと眺めてゆきますと、そこに、懐かしい未来が浮かび上がってきます。ついこの間までの、ごく普通の日本人の暮らし、ライフスタイルは、なかなかに合理的であり、上品で無駄がなく、つつましく、何よりも美しくゆたかであったことを思うのです。

この本の見どころは、私の引用させていただいている作品、つまり例句です。日本という風土の中で、個性ゆたかに、工夫をこらして生活を深くたのしんできた人たちの詠んで遺してくださった俳句作品です。日本家屋という住まいに暮らしていた人々の時間は、私たちのいまの時間より、ゆっくりとたっぷりと流れていたことを知ります。

私は生きてゆく時間とともに、自分の筆跡が刻々変化してゆく、その経過をこの眼で見てゆきたいという希いから、原稿はすべて手書きを通しています。この二十年来、浅草満寿屋の四百字詰めの原稿用紙を使っているのですが、品番113、通称ぼたんという、文字どおり牡丹色のマス目の中に、先人の秀れた俳句作品を、あたかも写経のように、手書きで一句ずつ書き取ってゆく時間、書き取った句を声に出して静かに読み上げてみる、その愉悦感に励まされてきました。

芭蕉も一茶も、千代女も蛇笏も、万太郎も波郷も、その時ばかりは友人、懐かしく親密な句友です。一行十七音字の俳句には、他の文芸作品にはない独特の手触り、風合いがあると思うのです。

高校生のころ私は、教師であった川上澄生先生に出合い、その縁で「木綿往生」という言葉にめぐり合いました。化学繊維と遠ざかる暮らしを以来貫いてきたほどに、この言葉に衝撃を受けました。

ゆくりなくもきもの研究家の大塚末子先生にめぐり合い、先生がデザイン設計された直線裁ちの衣服を着つづけて二十年余り。会社員として働きながら、日本中の桜を訪ね、西国観音巡礼を果たし、いまも四国八十八か所吟行や坂東札所吟行を仲間とすすめています。

結果的にこのもんぺスーツともいうべき衣服が、すべての行動を支えてくれました。世界最短の詩型といわれる俳句を作りつづけるその道筋で、数え切れない無数のさまざまな先達に導かれて今日に至りました。学んだ結論は「急ぐことはない。ゆっくり」ということです。HAIKUの交流で、イタリアなどヨーロッパにも行くのですが、私はこれからも、大塚末子オリジナルのこのコスチュームで、「俳句列島日本すみずみ吟遊」をさらにゆたかに徹底してみたいと考えています。

最後に、この一冊の完成は白水社の和気元さんのお力があってのこと。友情に満ちたお励ましのおかげで書き下ろすという作業が終結をみたことに心から感謝を捧げます。また戸田ヒロコさんにはすてきな装丁をしていただきましたこと、ありがたくお礼申し上げます。

二〇〇三年一月

黒田杏子

著者略歴

一九三八年東京生
東京女子大学心理学科卒業
「夏草」同人を経て「藍生」創刊・主宰
第一句集『木の椅子』で現代俳句女流賞と俳人協会新人賞。第三句集『一木一草』で俳人協会賞。

主要著書
『黒田杏子歳時記』
『俳句と出会う』
『証言昭和の俳句』他

布《ぬの》の歳時記《さいじき》

二〇〇三年二月二〇日 印刷
二〇〇三年三月 五 日 発行

著者 © 黒田杏子《くろだももこ》
発行者 川村雅之
印刷所 株式会社 理想社
発行所 株式会社 白水社

東京都千代田区神田小川町三の二四
電話 営業部〇三(三二九一)七八一一
編集部〇三(三二九一)七八二一
振替 〇〇一九〇―五―三三二二八
郵便番号一〇一―〇〇五二
http://www.hakusuisha.co.jp

乱丁・落丁本は、送料小社負担にてお取り替えいたします。

松岳社（株）青木製本所

ISBN 4-560-04983-1